Bärenpelze

Eine erotische Kurzgeschichte
über schwule Männer - für schwule Männer

von Till Amberger

Autor: Till Amberger (Pseudonym)
Anschrift:
Markus Gann
Vordere Halde 40
71063 Sindelfingen
Email: begann@arcor.de

Erscheinungsjahr 2020

Vorwort:

Erich, der ehemalige Gewichtheber hat Lust auf eine Ganzkörpermassage und trifft auf Dieter, den Masseur. Zwei Männer im fortgeschrittenen Alter, haarig und kräftig, begegnen sich in einer intimen Situation...
So oder so ähnlich beginnen viele erotische Erzählungen. Eines kommt zum anderen und das Unvermeidliche tritt ein.
In diesem Buch möchte ich gewohnte Genre-Erzählweisen durchbrechen.
Erich und Dieter bekommen hier Gelegenheit ihre Gedanken mit zu teilen. Von außen betrachtet ist die Situation eigentlich klar: Es wird Sex geben! Für die beiden Charaktere sieht das aber ganz anders aus.

Frag dich selbst: Würdest du in deinem Alltag, einem fremden Mann einfach an die Eier greifen? Nein! Denn du hättest anschließend keinen geilen Sex sondern eine blutige Lippe.
In dieser Geschichte formt sich die Gelegenheit zum Sex erst langsam aus der Situation heraus. Nach der ersten gemeinsamen Erfahrung wird es leichter, aber die beiden Männer sind sich fremd. Was ist möglich, was nicht?
Wenn du beim Lesen schon immer wissen wolltest, was der geile Kerl gerade denkt, dann bist du hier goldrichtig!

Eine Geschichte für Männer, die bärige Männer mögen.

Viel Spaß

Inhalt:

Kapitel 1
Überall Haare

Genug frische Luft, es ist schwül-warm und ich mache die Fenster zu um die größte Hitze draußen zu lassen. Nachher werde ich sicher wieder genug schwitzen müssen. An einem heißen Tag wie heute habe ich nicht wirklich Lust zu arbeiten. Es ist kurz vor 17 Uhr, im Kalender ist ein letzter Termin vermerkt und ich freue mich auf das Wochenende danach. Bei diesen Temperaturen werde ich die nächsten Tage viel am Baggersee verbringen. Schön im Schatten liegen, den lauen Wind auf der Haut spüren und zum abkühlen in den See springen. Ich freue mich schon.
Missmutig wende ich mich wieder der Arbeit zu. Professionell wechsel ich die Handtücher, stelle frische Gläser und Wasser bereit, schaue nach, ob alles am richtigen Platz liegt und schalte die entspannende Musik ein, schön leise und unaufdringlich. "Diese letzte Stunde schaffe ich auch noch!" Murmel ich grantig vor mich hin. Ein neuer Kunde hat sich angemeldet. 'Ob er überhaupt herkommt?' Schießt es mir durch den Kopf. Über 20 Jahre mache ich jetzt schon diesen Job und während dieser Zeit, haben schon viele ihren Termin einfach platzen lassen. Heute wäre es mir fast schon recht. Auf den Verdienst von 95 Euro möchte ich momentan aber auch nicht verzichten müssen.
Ich trinke einen großen Schluck Wasser, setze mich nochmal kurz auf die Pritsche und lasse die Beine baumeln.

Es klingelt!
Auch nach all den Jahren bin ich immer noch neugierig was mich an der Türe erwartet.

"Hallo, bin ich hier richtig zur Massage?" Kommt es mir zur Begrüßung entgegen.

"Ja klar, komm rein. Zieh dir hier bitte die Schuhe aus!" Ein Standartspruch, der mir automatisch über die Lippen kommt, was in diesem Moment sehr praktisch ist, denn der Kerl ist ein haariges Kraftpaket und mir wird es schlagartig heiß. Sein helles Kurzarmhemd spannt praktisch überall und ich muss aufpassen, dass ich nicht zu starren beginne.

"Magst du etwas trinken?" Kommt mein zweiter Standartspruch und ich schaue ihm fragend ins Gesicht. Ein Gesicht, dass dir sagt, dass du auf keinen Fall mit diesem Kerl Ärger haben möchtest. Breit, wulstig, tiefe Augen und ein schon etwas angegrauter Bart, der die untere Hälfte des Gesichts in sich verbirgt. Dieser Mann geht sicher schon auf die 50 zu, also Plus-Minus, so alt wie ich.

Ein: "Ja, gerne." dringt warm und sanft an meine Ohren, garniert mit einem Lächeln, das das ganze Gesicht in Bewegung bringt.

Fasziniert von dem Gegensatz seiner harten Gesichtszüge in Kombination mit der warmen, sanften und doch männlichen Stimme drehe ich mich schnell um. 'Ob er meine Gedanken in meinem Gesicht sehen konnte?' Ich reiche ihm ein Glas Wasser und er dankt es mit einem freundlichen kurzen Nicken.

Die kommende Stunde wird also eine haarige Angelegenheit werden und sicher auch eine anstrengende, falls dieser kräftige Kerl nicht nur sanft gestreichelt werden möchte. 'In meinem Kopf ist also noch Platz für Sarkasmus.' Stelle ich schmunzelnd fest.

"Du hast dich zu einer Entspannungsmassage angemeldet, hast du irgendwelche Verspannungen oder Beschwerden?"

"Nein, ja..." Er verschluckte sich fast, grinste aber und ich musste lachen.

"Ja, ich hätte sehr gerne eine entspannende Massage und nein, Beschwerden habe ich keine. Naja, vielleicht eine kleine Verspannung, im hinteren Schulterbereich."

"Gut, magst du eine kraftvolle Massage haben?"

"Ja, ich sag dann einfach Bescheid, wenn es mir zu viel werden sollte. Obwohl ich glaube, dass das nicht der Fall sein wird. Ich bin da von früher einiges Gewohnt."

'Aha', denke ich, er möchte wohl gefragt werden. "Was hast du denn früher gemacht? Es war sicher etwas anstrengend-kraftvolles?" Schätze ich.

"Gewichtheber."

Ein Sportler im Ruhestand also. So macht die Statur natürlich Sinn. Mit seinen ca. 1,75m wiegt er sicher über 120kg und so breite Hände habe ich noch nie gesehen.

"Professionell?" frage ich genau so knapp zurück.

"Ja, ist aber schon sehr lange her!"

"Okay, dann lass uns anfangen, wenn du bereit bist. Ich hoffe, ich werde deinen Erwartungen gerecht. Du wirst sicher einige Massagen während deiner aktiven Zeit gehabt haben!" Ich schmunzel ihn an, eine Sekunde später frage ich mich, warum ich das getan habe. 'Egal'.

"Ich war seit meiner aktiven Zeit als Profisportler nicht mehr bei einer Massage. Soll ich mich ganz nackig machen?" Ein großes Fragezeichen steht in seinem Gesicht und ich hätte ihn am liebsten kräftig gedrückt um seine Unsicherheit zu nehmen.

"Wenn es dir nichts ausmacht, mir ist es nackt am liebsten, dann muss ich mit dem Öl nicht aufpassen."

"Hab mit nackig sein keine Probleme. Ich bin zwar

weit weg ein Adonis zu sein, aber mag mich so wie ich bin. Wem es nicht passt, der soll halt weg gucken!" Grinst frech und zieht sich sein Hemd aus. Je weiter er es aufknöpft, desto dunkler wird es und mehr Haare bedecken seine Brust. In der Mitte blitzt gar keine Haut mehr zwischen den Haaren hindurch. Eine breite, fleischige Brust kommt zum Vorschein. Man sieht es ihm an, er hatte sicherlich einmal einen sehr trainierten Körper. Jetzt in den besten Jahren sind seine Formen weicher, aber nicht fett. Ein Kraftpaket wie ihn hatte ich noch nie in meiner Praxis. Der Bauch wölbt sich deutlich nach vorn, ist aber fest und der Gürtel seiner Hose hat kein Problem ihn oben zu halten. Ich drehe mich um und tue so, als ob ich noch ein paar Dinge zurecht legen müsste, um ihm ein klein wenig Privatsphäre zu lassen, währen er seine Hose auszieht.

"Soll ich mich einfach auf die Liege legen?"
Ich drehe mich wieder um, bemüht meinen Blick nicht zu tief wandern zu lassen, dazu gibt es später sicher noch genug Gelegenheiten.
"Ja, auf den Bauch bitte."
Er dreht sich um und hievt seinen Körper auf die Pritsche, die etwas knirscht. Mit einem Handtuch bedecke ich seinen Hintern und seine stämmigen Beine, damit ihm nicht kalt wird während ich seinen Rücken durchknete. Obwohl bei den Temperaturen dürfte es ihm nicht wirklich kühl werden. Also frage ich ihn: "Das Handtuch ist dafür da, dass deine Beine nicht auskühlen. Bei den Temperaturen ist das aber fast überflüssig. Soll ich es wieder weg nehmen?"
"Ja, bitte. Ich friere nicht so schnell!"
"Stört es dich, wenn ich mein Shirt auch ausziehe? Die Hitze ist mir fast schon unangenehm heute."
"Kein Problem!" Kommt die prompte Antwort.

Ich stehe also, nur mit meiner kurzen Hose bekleidet, am Kopfende und verreibe eine ordentliche Portion Massageöl in meinen Händen, lege diese dann sanft links und rechts auf seine Schulterblätter. Ich warte ein paar Sekunden und spüre die borstigen Haare seines Rückens unter meinen Händen. Sein Körper hebt und senkt sich mit jedem seiner ruhigen Atemzüge. Mein Blick wandert seinen Hals hinauf und ich stelle fest, dass er fast eine Glatze hat. Kurz geschnittenes Kopfhaar und oben ist es fast ganz kahl. Warum ist mir das vorher nicht aufgefallen? Sein Vollbart, sein irgendwie ernster Blick und die Behaarung seines Körpers haben mich wohl zu sehr abgelenkt.

Langsam fange ich an das Öl auf seinen Schulterregionen zu verteilen bis hinauf zum Haaransatz, fange an zu massieren, erst sanft, dann auch fester. Eine kleine Verspannung massiere ich mit mehr Druck. Er quittiert das mit einem leisen Brummen.

Meine Blicke schweifen tiefer und plötzlich fange ich an mich mit ihm zu vergleichen...

'Er ist etwas kleiner', geht es mir durch den Kopf, 'viel haariger und ein Schrank von einem Mann'. Meine Freunde sagen: 'Ich bin ein geiler Bär', auch wenn ich eher mittel-haarig bin. Ich mache gerne Sport, habe von der Arbeit kräftige Arme und bin ganz gut in Form. Gut zusammengepackte 96kg bei 1,86m, ich mag mich so. 'Neben diesem Panzer sehe ich bestimmt aus wie ein Lauch.'

Er zuckt kurz unter meinem festen Griff und ich versuche mich wieder auf die Arbeit zu konzentrieren.

"War das zu fest?" Frage ich mehr aus Höflichkeit.

"Nein, ist gut so!" Kommt es gedämpft unter der Pritsche hervor.

Ich mache lange Streichbewegungen den ganzen Rücken hinunter bis zum Ansatz seines runden Hinterns. 'Wie wohl sein Schwanz ausschaut?' Meiner ist ja recht ordentlich, bisher waren die meisten Kerle echt angetan von meinem Pimmel. 'Mist, schon wieder abgelenkt!'

Ich streiche hinauf und wieder hinunter, hinauf und hinunter und stelle fest, dass ich mit meinem Schwanz an seine Glatze gestoßen bin. Halb erschreckt trete ich ein paar cm nach hinten und zur Seite.

Als nächstes knete ich seine Arme. Einen nach dem anderen. Sein Trizeps ist gewaltig und in solchen Momenten liebe ich meinen Beruf. Ich darf diesen Typ einfach überall anfassen und betatschen wie es mir gefällt. Naja, fast überall und es sollte doch einigermaßen professionell ausschauen. Seine Finger, seine riesige Hand...

Dann seine Füße, Waden... ein bisschen blitzt sein Sack zwischen seinen Schenkeln hervor. Ich massiere seine Oberschenkel und streiche an der Innenseite entlang nach oben. Kurz vor seinem Arsch nehme ich die Hände wieder nach oben. 'Wie weit kann ich gehen?' Ich taste mich etwas höher und versuche aus der Bewegung heraus auch Regionen zu berühren, die bei einer Massage eigentlich tabu sind. Es ist klar, dass so-was jedem richtigen Kerl gefällt, es ist nur nicht klar, ob der Kerl das auch ausleben möchte. Ich streiche den Schenkel hinauf und berühre zwei- drei Mal aus der Bewegung heraus auch die Ritze zwischen seinen Schenkeln was einen kleinen Zucker der Arschbacken und einen Schnaufer zur Reaktion hat. 'Beklagen tut er sich jedenfalls nicht. Soll ich seinen Arsch massieren?' Ich beschließe ihn einfach zu fragen. 'Was soll schon passieren? Nein sagen kann er, mehr wohl nicht.'

"Soll ich auch deinen Hintern massieren, dann wäre die Rückseite komplett?" Das sollte, meiner Meinung nach, unverfänglich sein! Noch bevor die Antwort kommt frage ich mich selbst wo das hinführen soll? 'Ich will Sex mit diesem Prachtkerl haben', das ist jetzt klar, mir zumindest.

"Ja, das ist okay." Antwortet er eben so unverfänglich. Ich massiere also seinen Allerwertesten und schiebe die mächtigen Backen nach allen Richtungen auseinander. Die sind gar nicht behaart, stelle ich verwundert fest. Womöglich die einzige Körperregion bei ihm, bis auf die Glatze. Ich schmunzel genüsslich vor mich hin. 'Mehr Öl.' Denke ich und lasse einen Tropfen in die Ritze laufen. Sein Atem wird schwerer. So ein kleiner Tropfen Öl kann einen wohligen Schauer durch den Körper ziehen lassen. In diesem Fall vom Anus ausgehend. Meine Finger streichen an den prallen Backen entlang, kneten diese immer wieder gut durch und das eine oder andere mal, fahre ich mit den Fingerspitzen etwas tiefer dazwischen durch bis hoch zum Rücken. Das löst ganz sicher wohlige Schauer in ihm aus. Mir gehen Dinge durch den Kopf wie: 'Das lässt er sich also gefallen, genießt es bestimmt.' Und: 'Der will jetzt mehr von meiner Hand an seinem Loch spüren und womöglich den einen oder anderen Finger...' Aber soweit traue ich mich dann doch nicht vor.

Mit einem langen Streich bis zu den Schultern und zum Nacken, beende ich die Massage auf seiner Rückseite und ich mache ihm klar, dass es Zeit ist für die Vorderseite.

Ich freue mich darauf, nicht, weil ich dann endlich seinen Schwanz sehen kann, sondern weil ich seine breite Brust streicheln möchte... okay, okay, ich bin auch gespannt was er zwischen den Beinen hat!

Mit einem "Puhhh" hebt sich der schwere Oberkörper ein Stück weit und er dreht sich langsam und etwas unbeholfen auf der Pritsche um. Sein Gesicht ist etwas zerknautscht von dem Guckloch.

"Alles gut?" Frage ich.

"Ja, alles super. Ich genieße deine warmen Hände, überall... ähh, also tut überall gut!" Grinst dabei und findet seine ungeschickte Wortwahl wohl selber lustig.

Ich stehe wieder oberhalb und fange an sein Gesicht zu massieren, nicht weil das normalerweise dazu gehört, sondern einfach weil ich Lust habe diesen geilen Bart zu kneten. Er schließt die Augen und genießt meine Berührungen.

'Überall? Inwiefern war das nun eine Anspielung?' Ich müsste mich schon schwer täuschen, wenn er es nicht darauf anlegt.

Mit viel Öl suchen meine Finger den Weg durch das dichte Fell auf seiner Brust. Schön rund und voll, zwei mächtige Muskelberge, die ich nun durchknete. Das fühlt sich toll an und ich muss aufpassen, dass ich mich nicht gehen lasse. 'Bestimmt steht mein Schwanz schon auf Halbmast und tropft fröhlich vor sich hin.' Sein Schwanz liegt einigermaßen entspannt auf seinem Bauch und durch die Vorhaut schaut mich seine feucht glänzende Eichel an. 'Die Arschmassage hat ihn also erregt,' denke ich. Die Schamhaare sind dezent zurück geschnitten. Entweder es ist schon ein Weilchen her, dass er sich dort rasiert hat, oder er hat es gekonnt an die Behaarung zum restlichen Körper angepasst.

'Mal schauen, ob er an den Brustwarzen erregbar ist.' Ich werde immer ganz scharf, wenn mir jemand an die Brustwarzen geht. Mein Einschalter, wenn es um geil werden geht.

Mit großen kreisenden Bewegungen massiere ich

seine Brust und komme dabei immer mal wieder über die Brustwarzen. Mit einem gut hörbaren "pfhhh..." öffnet sich sein Mund ein kleines Stück. Zufrieden schaue ich nach seinem Schwanz, der sich doch merklich mit Blut gefüllt hat, will es aber nicht übertreiben. Eigentlich schon ein paar Minuten zu viel, nehme ich mir Zeit für seine prachtvollen Brustmuskeln, genieße sein Fell und wie die buschigen Haare ihren Weg zwischen meinen Fingern hindurch finden, knete seine Muskeln, greife in seine Achseln und mit vorsichtigem ziehen dehne ich seine Muskelansätze an seinen kräftigen Schultern.
Die Arme sind wieder an der Reihe und danach massiere ich von den Füßen an aufwärts.
Seine Füße sind sehnig und breit. Einzeln lasse ich die Zehen durch meine Finger flutschen, ziehe leicht daran und fahre zwischen ihnen hindurch. Knete den gesamten Fuß und dehne die Sehnen in dem ich den Fuß in sämtliche Richtungen biege und drehe.
Der Blick von hier unten gefällt mir sehr gut. Ich massiere mich langsam hoch, nähere mich seinem Sack. Dicke Eier die zwischen seinen stämmigen Schenkeln verzweifelt Platz suchen. Wenn ich jetzt einen Wunsch frei hätte, ich würde seine Eier massieren wollen. Seine dicken runden Eier in seinem großen Sack durch meine Finger wandern lassen und wenn er dabei stöhnt, das wäre...
Ich muss aufpassen gerade nicht mit den Händen an seine Eier zu gehen sondern seine Beine professionell fertig zu massieren. Hoch zu seinem Bauch, die Seiten, ohne viel Druck. Fast nur streicheln. Ich fahre durch seine Behaarung am Bauch, bis zur Brust, an den Seiten herunter und wieder zum Bauch dann hoch und immer weiter. Sein Schwanz ist echt schön. Scheint ein breites Ding zu

werden, wenn er fertig aufgerichtet ist. Ich sehe, wie aus seiner Eichel ein glänzender Tropfen quillt und zwischen seinen Bauchhaaren verschwindet. In meiner Hose wird es gerade sehr eng. Meine Hände streicheln weiter diesen männlichen Körper und mit meinen Unterarmen streife ich nun ein paar mal leicht an seinem Schwanz vorbei. Schön langsam und eigentlich "aus versehen". Er stöhnt kurz auf und sein Körper spannt sich leicht an.

Sein Schwanz zuckt kurz zwei- drei mal und ist zu einem stattlichen dicken Ding angeschwollen. Etwas kürzer als meiner, dafür aber breiter und er schaut echt lecker aus. Seine Eichel ist noch halb von der Vorhaut bedeckt und glänzt rosafarben. In meinen Gedanken bezeichne ich sein Glied kurzerhand als 'Dong'. Ein dickes Ding, das dir die Glocken läuten lassen kann.

Jetzt ist der Moment gekommen. Einfach hin fassen würde ich niemals machen, aber nichts würde ich mir jetzt mehr wünschen.

In dem Moment fragt er: "Macht es dir was aus, wenn du mich da unten auch entspannst?" Dabei ist überhaupt nichts freches in seinem Gesicht zu sehen, eher ein sehnsüchtiger Wunsch an mich. Für eine halbe Sekunde war ich perplex, damit habe ich nicht gerechnet. Dann höre ich mich sagen: "Okay, allerdings unter einer Bedingung... als Gegenleistung lädst du mich zum Essen ein." 'Oh Gott, was war das denn für ein Spruch. Hier geht es um Sex, der Kerl will einen geilen Orgasmus und nicht einen Kerl heiraten. Okay, heiraten will ich auch nicht, aber ein Kennenlernen wäre sicherlich interessant und ich geh halt gerne essen...'

"Okay!" Er lacht und es ist auch ein bisschen ein erleichtertes Lachen.

Mit meinen Händen streichle ich nochmals seinen ganzen Körper. Jetzt muss ich nicht mehr aufpassen welche Körperteile ich berühren darf und welche tabu sind. Das war ein wirklicher Genuss für mich und offensichtlich auch für ihn. Seine Eier fühlen sich so gut an, wie ich es mir vorhin ausgemalt hatte. Sein Schwanz zuckt meinen Händen entgegen. Das ganze Öl macht alles zu einer flutschig-geilen Angelegenheit. Seine Eier und sein Schwanz gleiten leicht durch meine Finger.

"ohhh-jaaa..." ein leises stöhnen.

Mit einem Finger dringe ich zwischen Vorhaut und Eichel und fahre ein paarmal um die Eichel herum ohne die Vorhaut zurück zu ziehen. Dann lege ich die rosig glänzende Eichel frei, sie ist prall und rund, ihr Durchmesser ist etwas kleiner als der restliche Schwanz und wirkt dadurch ein bisschen wie auf den Schaft drauf gesteckt. Wie ich die Vorhaut zurück ziehe, tritt ein dicker, durchsichtiger Tropfen aus dem kleinen Schlitz an der Eichel hervor und läuft sogleich am Vorhautbändchen entlang über meine Finger. Ich reibe die Rückseite seiner rosa Spitze mit meinem Daumen, reize die empfindliche Haut mit leichtem Druck. Er windet sich kurz, liegt dann wieder still da und genießt meine Berührungen. Ganz langsam wichse ich seinen ganzen Schwanz. Dann umfasse ich seine Eichel mit meiner Handfläche. Ich reibe jetzt die saftige Eichel so wie wenn ich eine Flasche aufdrehen würde. Immer wieder hin und her. Mit der anderen Hand halte ich den Sack fest umschlossen und ziehe ihn sachte lang. Sein Körper kommt immer mehr in Bewegung, sein Brustkorb hebt und senkt sich, seine Bauchmuskeln spannen sich in Wellen an und der ganze Kerl windet sich vor Geilheit unter meinen kräftigen Händen. "Ohhja..." Sein Stöhnen wird immer lauter.

Dann lass ich ab von seinem steinharten Schwanz und streichel wieder den ganzen Kerl, die Brustwarzen und die Eier. Nach einer Minute und noch mehr Öl, lege ich seinen Schwanz zwischen meine beiden Hände und wichse ihn mit langen Bewegungen. Die Eichel bekommt dabei immer mehr Druck zwischen meinen Fingern was diese mit noch mehr geilen Vorsaft quittiert. Seine Bauchmuskeln heben und senken sich mit seinem immer heftiger werdenden Atem. Jetzt halte ich mit einer Hand den Schwanz am Schaft und wichse mit der anderen Hand schön langsam auf und ab über die blanke Eichel. "Ahh..." Ein lautes Stöhnen sagt mir dass ich auf dem richtigen Weg bin. Die Eichel reize ich wieder in meiner Handfläche linksrum, rechtsrum, vor und zurück... immer wieder wichse ich auch den ganzen Schaft entlang hinunter und wieder hinauf... "Ooohja..."

Ganz langsam und mit viel Zeit reibe ich an seiner rosig glänzenden Spitze, wichse den ganzen Schwanz und genieße den Anblick. Der gesamte Körper windet sich immer mehr und ich sehe wie sich seine Eier an den Körper anschmiegen. Ein Zeichen, dass der Orgasmus nicht mehr weit ist. Jetzt aufhören, das wäre eine fiese Folter für ihn.

Meine Handfläche fährt noch zweimal über die Eichel, dann den Schwanz hinunter und wieder hoch. Seine Eier verschwinden fast vollständig im Körper... "ah... aah... aAAAAAAAaaahhh..."

Mit einem befreienden Schrei schießt er sein Sperma in seinen Bart, dann auf seine haarige Brust und mit mehreren Stößen auf seinen Bauch. "Oohhh... ahhh..." Immer wieder zuckt sein Schwanz und pumpt die letzten Tropfen heißen Saft den Schaft hoch, der

in großen Tropfen an seinem Schwanz herunter läuft, über meine Finger und sich als kleiner See an der Schwanzwurzel sammelt.
Ich lege eine Hand noch ein kleines Weilchen auf seinen ruhiger werdenden Schwanz und die andere auf seine Brust.
Nach ein paar Sekunden gehen seine Augen langsam auf und er lächelt mich glücklich entspannt an. 'Er hat es genossen!'
"Die Einladung zum Essen hast du dir auf jeden Fall verdient!"
"Ich freue mich, dass es dir gefallen hat..." Grinse ich zurück.
"... und freue mich schon auf mein verdientes Essen. Hunger hätte ich nämlich."
"Ja, gerne. Magst du Asiatisch?"
"Das mag ich am liebsten!" und ich lache.
"Wie heißt du überhaupt?" Frage ich.
"Erich, und du?"
"Dieter"
"Na dann, lass uns anziehen und los geht´s."
"Willst du noch duschen?"
"Ach was, wir sitzen draußen, das passt schon."
Vorne auf meiner Hose hat sich eine großer nasser Fleck gebildet, so dass ich eine andere anziehen muss. Mein kleiner Freund hat sich wohl ebenfalls gefreut über den geilen Gewichtheber. Ich ziehe den Hosenladen zu und wir verlassen meine Praxis.

Kapitel 1.5
Massageliege

Für heute habe ich die Schnauze gestrichen voll! Diese eine Klientin nervt mich von mal zu mal mehr und ich hoffe, dieser Auftrag ist bald abgeschlossen. Freitags lass ich es im Büro gerne gemütlich auslaufen. Heute mache ich einfach mal früher Feierabend und gehe schon zum Mittagessen nach Hause. Lieber mache ich das morgen fertig als mich jetzt auch nur noch eine Minute länger damit herum zu ärgern.

Schon seit Tagen ist es heiß und ich bin froh endlich ein paar gemütlichere Sachen an zu ziehen, verzichte dann aber doch auf bequeme Klamotten und mache mich einfach nackig. Warum auch nicht, hier sieht und stört mich keiner! Ich mache mir einen Teller leckere Nudeln, esse diese auf meiner sonnigen Terrasse und lege mich anschließend ein wenig in die Hängematte zwischen den beiden alten Apfelbäumen. Das fühlt sich gut an. Feierabend, die Beine hoch legen... nach ein paar Minuten döse ich weg. Das leichte Schaukeln, die warme Luft und das Essen haben mich sachte einschlafen lassen.

Eine Stunde später wache ich verwundert auf. 'Wie lange war ich weg?' Ich winde mich aus der Umarmung meiner Hängematte und gehe zur Toilette. Es fühlt sich gut an, nackt herum zu gehen, ich spüre wie meine Eier zwischen meinen kräftigen Schenkeln massiert werden und mein Schwanz von der linken Seite zur rechten Seite und wieder zurück pendelt. 'Massieren', geht es mir durch den Kopf. Gegen später habe ich meinen Termin. Vor ein paar Tagen haben Freunde darüber geredet, wie toll es ist, sich eine Stunde Entspannung zu gönnen und dass man das eigentlich viel öfter machen sollte. Ich fand das eine super Idee und fragte nach dem Masseur. Am nächsten Tag habe ich mir einen Termin geben lassen... für Heute 17 Uhr! Ich bin ein bisschen aufgeregt. Ohne körperliche Beschwerden habe ich mich noch nie massieren lassen. Einfach so, nur, weil es gut tut.

Gegen 16 Uhr seife ich mich unter der Dusche kräftig ein. Wenn es körperlichen Kontakt gibt, und bei einer Massage kommt man sich ja sehr nahe, dann will man frisch sein. Ich suche mir ein paar meiner leichteren Bekleidungsstücke aus und gehe aus dem Haus. Am liebsten wäre ich nackt durch die Stadt gegangen, aber Aufmerksamkeit dieser Art möchte ich dann doch nicht auf mich lenken.

Ahh... hier muss es sein. Ich drücke, ein bisschen aufgeregt, den Klingelknopf und ein wohlklingendes Ding-Dong ertönt. Wenig später steht ein sympathisch aussehender bärtiger Mann in der Türe der ungefähr so alt sein muss wie ich.

Ich frage ob ich hier richtig bin. Mit den Worten: "Ja klar, komm rein. Zieh dir hier bitte die Schuhe aus!" Werde ich freundlich hereingebeten. Der Kerl hat eine tiefe, angenehme und irgendwie beruhigende Stimme. Meine leichte Nervosität wandelt sich in einen entspannteren Gefühlszustand. 'Ein toller erster Eindruck,' denke ich mir. Seine kurze Hose und sein Polohemd kleiden ihn sexy. Während ich ihm folge starre ich auf seinen wohlgeformten Hintern, der sich unter der dünnen Stoffhose gut abzeichnet und mit jedem Schritt mal die eine Seite, mal die andere Seite der Hose stramm ausfüllt.

"Magst du was trinken?" Werde ich freundlich gefragt und ich antworte: "Ja gerne." Ich grinse ihn an. Er hat doch ein bisschen länger als normal in mein Gesicht geschaut und ich in seines. Diese warmherzige Ausstrahlung, in seinem männlichen, wohl proportionierten Gesicht und die Art, wie er mich empfängt, gibt mir das Gefühl hier gut aufgehoben zu sein.

Während ich mein Glas Wasser trinke fragt er mich nach Beschwerden oder Verspannungen. Wir halten einen kleinen Smalltalk. Die meisten Leute sind beeindruckt, wenn sie meinen kräftigen Körper zum ersten mal sehen. Ich erzähle kurz von meiner, mittlerweile lange zurückliegenden, aktiven Laufbahn als Profi-Gewichtheber und dass ich seither keine Massage gehabt habe. Er mustert mich von oben bis unten. Was er nicht sehen kann, ich bin auch haarig. Wie ein Gorilla... naja fast!

Er fragt mich, ob ich bereit bin und ob wir anfangen sollen.

Etwas unbeholfen frage ich zurück, ob ich mich ganz nackig ausziehen soll.

"Wenn es dir nichts ausmacht, mir ist es nackt am liebsten, dann muss ich mit dem Öl nicht aufpassen."

Ich grinse ihn frech an und fange an mein Hemd zu öffnen. 'Was soll das Grinsen?' denke ich und versuche ein neutrales Gesicht zu machen. Der sexy Masseur schaut mir zu wie ich meinen Oberkörper von der Kleidung befreie und wie Stück für Stück mehr von meinem üppigen Pelz zum Vorschein kommt, ohne auch nur einer kleinen Regung in seinem Gesicht. Ich bin mir sicher, dass er so einen haarigen Kerl noch nie auf seiner Liege hatte. Aber vielleicht bilde ich mir auch einfach nur zu viel ein.

Er dreht sich um und sortiert noch ein paar Dinge hinter sich, ordnet Dies und Das ein wenig. Ich unterbreche die Szene mit dem Satz: "Soll ich mich einfach auf die Liege legen?" Nackig stehe ich vor

ihm, seinen Blicken ausgeliefert, aber keiner seiner Blicke wandert an mir herunter um meine entblößte Männlichkeit zu inspizieren. Höflich antwortet er: "Ja, auf den Bauch bitte."
Ich lege mich etwas unbeholfen auf die Liege und diese quittiert mein Gewicht mit einem kurzen knirschen. Sie schaut aber recht stabil aus und ich denke, 'der Kerl wird schon wissen was seine Liege aushält.'
Ich suche mit meinem Gesicht eine gemütliche Position in dem Loch durch das ich atmen kann und sehe nur noch den grauen Boden unter mir. Plötzlich spüre ich wie ein Handtuch über meine Beine und meinen Hintern gelegt wird. Kurz darauf fragt er mich aber ob es bei der Hitze wirklich nötig ist und ob er es wieder weg nehmen soll. Ich verzichte auf das Handtuch und stelle mir vor, wie mein blanker heller Arsch wohl gerade das Zimmer erleuchtet. Dabei grinse ich, was außer dem grauen Boden niemand bemerkt.
Dann fragt er nach ob es mich stört, wenn er bei der Hitze sein Shirt ebenfalls auszieht, was für mich kein Problem ist. Ich höre wie er sein Shirt über den Kopf zieht und es beiseite legt, wie er aus einem Spender etwas Öl in seine Hände gibt, es zwischen ihnen verreibt und wie er an das Kopfende der Liege geht. 'Jetzt wird es gleich los gehen', denke ich und spüre augenblicklich wie seine warmen Hände meine Schulterblätter berühren. Das fühlt sich sehr angenehm an. Zuerst sachte und sanft, dann bestimmter und kräftiger massiert er meine Schulterregion bis hoch zum meinem Kopf. Schon in der ersten Minute kann ich mich voll fallen lassen, liege einfach nur da und lasse mich berühren streicheln und kneten. Meine Freunde haben recht,

das sollte man sich viel öfter gönnen.
Immer weiter gehen seine Hände meinen Rücken hinunter und ich frage mich amüsiert, wie weit seine Arme wohl reichen. Dann stößt er gegen meinen Kopf. 'Hat der mir gerade seinen Schwanz gegen meine Glatze gedrückt?' Egal. Schon spüre ich seine kräftigen Hände an meinem rechten Trizeps. Einen Arm nach dem anderen lässt er keinen Muskel aus. An meinem Rücken haben sich seine Hände irgendwie wohliger angefühlt. An meinen Armen fühlen sich seine Berührungen auch gut an, nur etwas weiter entfernt vielleicht. Egal, soll er doch massieren wozu er Lust hat, ich genieße es einfach, ganz passiv hier zu liegen und zu spüren wo sich diese wunderbaren Hände hin bewegen. Er geht weiter zum Fußende und seine warmen Berührungen sind nun auf meinen Beinen, zuerst ganz unten dann kommen sie langsam immer weiter nach oben. Meine Gedanken überschlagen sich kurz, 'wie viel weiter wird er noch nach oben gehen?'
Seine sanften Hände an den Innenseiten meiner Schenkel fangen an mich zu erregen. Wohlig warm fühle ich mich. Immer wieder wandern seine Hände hoch. Bald werden sie meinen Sack berühren oder meinen Arsch. In mir steigt das Verlangen nach mehr jedes mal wenn er mit seinen Händen zwischen meinen Beinen nach oben fährt. Dann endlich berühren mich seine Fingerspitzen mit einem kurzer Stups zwischen meinem Sack und dem Anus. Elektrisiert atme ich etwas heftiger ein und wieder aus. Ein zweites und noch ein drittes mal kitzeln mich seine Finger aus der Bewegung heraus an meiner persönlichsten Stelle und ich möchte einfach nur mehr, viel mehr von diesen Berührungen haben. Doch das kann ich ihm unmöglich sagen, oder soll ich ihn

einfach fragen?

Mit: "Soll ich auch deinen Hintern massieren, dann wäre die Rückseite komplett?" Unterbricht er meine Gedanken und nimmt mir in diesem Moment meine Entscheidung ab, als ob er meine Gedanken lesen könnte.

'Oh ja' denke ich, versuche aber cool zu klingen und antworte: "Ja, das ist okay."

'Hoffentlich berührt er mich noch mal so geil', hoffe ich still und spüre seine Hände auf meinen Arschbacken. Er legt Öl nach und ein Tropfen rinnt mir zwischen die Backen abwärts bis zu meinem Loch. Das fühlt sich so geil an, dass es mir jetzt egal ist, ob ich einen Harten bekomme und er es nachher sehen kann, wie geil er mich mit seinen Händen macht. Ich genieße seine Berührungen auf meinen Backen und wie er diese immer wieder dehnt und knetet, wie er meinen Arsch auseinander zieht und so Spannung bis zu meinem Anus erzeugt, wie er mit seinen Fingern zwischen meine Backen fährt und ein- zwei mal etwas tiefer durch die Furche streicht. Seine Berührungen wecken ein tiefes Verlangen nach mehr. Doch dann bewegt er seine Hände mit einer langen Bewegung den Rücken hoch und gibt mir zu verstehen, dass es Zeit ist für die Vorderseite.

Mein Schwanz ist zum Glück nicht voll steif geworden. Das wäre mir dann doch etwas peinlich gewesen.

Er grinst mich freundlich an und fragt knapp: "Alles gut?"

Ich verhaspel mich etwas bei der Antwort, bestätige ihm aber dass ich seine Hände sehr genieße. Was kurz für Erheiterung sorgt.

Auf dem Rücken liegend spüre ich seine Berührungen sanft an meinen Schläfen. Ich lasse meine Augen geschlossen und fühle wie er langsam beginnt zu massieren, immer wieder über die Stirn streicht um dann tiefer zu gehen und meine Wangen zu reiben. Dabei zerwühlt er meinen dicken Bart, der gerade etwas länger gewachsen ist. Das fühlt sich gut an und ich lasse mich wieder fallen, alles ist egal, solange ich diese Hände spüren darf.

Sachte über den Hals hinweg streichend, bahnt er sich mit seinen Händen einen Weg durch meinen dichten Bewuchs bis zu meiner fleischigen Brust. Eine extra Portion Öl ist notwendig um alles schön glitschig zu machen. Die Brusthaare saugen offensichtlich sehr viel auf.

Meine Brustmuskeln geben bereitwillig nach unter dem Druck seiner professionellen Hände. Ein paarmal habe ich den Verdacht, er genießt es, wie seine Finger durch meinen Pelz streichen, wie die öligen Haare zwischen seinen Fingern hindurch gleiten. Mit einem mal wechselt er zu großen kreisenden Bewegungen. Dabei fährt er mit den Fingern immer wieder über meine Brustwarzen und beschert mir damit wohlige Schauer, die durch meinen Körper fließen, direkt in meinen Schwanz hinein. Ich möchte am liebsten laut los stöhnen. Noch ein paar mal mehr und mein Schwanz wäre mit Sicherheit senkrecht nach oben gestanden. Links und rechts greift er mir unter meine Achseln und zieht meine Muskulatur nach oben, was meinen Brustkorb anhebt. Ich halte die Luft an während sich meine Muskeln dehnen und spüre in meinen Körper hinein, spüre die Dehnung über die Brust hinunter über den Bauch bis zu meinen Eiern. Sanft lässt der Zug unter den Achseln nach und nun sind wieder die Arme an der Reihe. Die sexuelle Anspannung wird weniger und mein Schwanz entspannt sich merklich. Ich bin froh darüber, die Situation ist zwar geil, überfordert mich aber auch ein wenig. 'Wo soll das alles hin führen? Was wird er noch alles mit mir anstellen?' Und... 'Was möchte ich eigentlich?'

Während meine Arme massiert werden kann ich wieder klarer denken. Meine Arme gehören eindeutig nicht zu meinen erogenen Zonen. Falls es nochmal so geil wird, dann soll er mich auch zum Orgasmus bringen. Wenn er nicht von alleine Hand anlegt, werde ich ihn einfach fragen. Was soll schon passieren? Nein sagen und raus werfen kann er mich. Mehr nicht! Die Massage wechselt nach unten zu den Füßen. Er dehnt und dreht meine Füße in alle Richtungen, das spüre ich bis hoch zu meinem Arsch und lässt wieder Gefühle in mir aufkommen. 'Der weiß doch genau, welche Gefühle das in mir auslöst', geht es mir durch den Kopf. Ansonsten müsste das ein sehr dummer Masseur sein und das glaube ich nicht.

Immer höher wandern seine Hände meinen Beinen entlang in Richtung erogene Zone. Jedes mal, kurz bevor seine Finger meinen Sack berühren, wendet er seine Bewegungen und massiert so meine Oberschenkel, ohne mich auch nur ein kleines Bisschen an meinen Eiern zu streifen. 'Hat ihn sein Mut verlassen?'

Nun wird mein Bauch massiert, oder viel mehr gestreichelt. 'Die Massage nähert sich so langsam dem Ende zu', denke ich und ich frage mich: 'War es das mit prickelnder Erotik und einem Orgasmus durch seine sanften Hände?' In diesem Moment bin ich etwas enttäuscht. Meine Erwartungshaltung war wohl zu hoch gewesen. Ich öffne meine Augen und sehe, wie mein sexy Masseur meinen feuchten Schwanz begutachtet, während er mir immer wieder über den Bauch streichelt. 'Der gefällt ihm.' Und in diesem Moment streift er die Eichel von meinem Glied mit

seinem Unterarm. Ein leises Stöhnen entfährt mir und meine Augen schließen sich. 'Ufff..., so eine kleine Berührung und mir fährt es durch den ganzen Körper.' Ich bin erstaunt über meine Körperreaktion und spüre wie das Blut in meinen Penis schießt. Und dann ein zweites mal, etwas intensiver und länger reibt sein haariger Unterarm an meinem Schwanz entlang. Dann ein drittes mal, nur kurz aber mein Schwanz zeigt schon seine Wirkung und steht nun prall nach oben. Ich mache meine Augen wieder auf und sehe wie mein Masseur meinen voll erigierten Harten anschaut. Er scheint unsicher zu sein was er tun soll. 'Will er oder will er nicht?' Geht es mir durch den Kopf. 'Soll ich noch warten?' Ich entscheide mich den Moment zu nutzen und frage einfach: "Macht es dir was aus, wenn du mich da unten auch entspannst?" 'So, jetzt ist es raus!' "Okay, allerdings unter einer Bedingung... als Gegenleistung lädst du mich zum Essen ein." Kommt die prompte Antwort.
'Das hört sich gut an', denke ich und sage "Okay!"
'So geil wie ich bin würde ich dem alles versprechen und wenn es keine geile Erfahrung wird, dann kann ich mich nachher immer noch heraus reden.' Ist mein spontaner Plan.
Seine Hände sind wieder überall auf meinem Körper zu spüren. Als wäre der Masseur nun aus irgendeinem Zwang befreit fährt er mit seinen Händen durch mein Brustfell, am Bauch entlang zwischen meine Beine. Meine Eier und mein Glied flutschen durch seine öligen Finger. Ich mag es, wenn meine Eier geknetet werden und fange an zu stöhnen. Das scheint ihn anzuspornen. Ein paar Momente später widmet er sich meinem Schwanz, reizt meine Eichel die sich sofort heiß anfühlt. Dieses Gefühl zieht in

Wellen durch meinen Körper, meine Eier, meinen Bauch... bis in den Kopf hinein und breitet sich als wohlige Wärme aus. Meine Augen halte ich geschlossen, genieße seine Hände an meiner Männlichkeit, die aufkommenden Gefühle, die anwachsende Geilheit. 'Wenn der so weiter macht, dann explodiere ich!' Ich winde mich unter seinen Händen, stöhne immer lauter bis ich es nicht mehr aushalte...

Er lässt ab von meinem Schwanz, gibt mir Zeit, genau in dem Moment an dem ich fast explodiert wäre und meinen heißen Samen überall durch den Raum geschleudert hätte. Das Gefühl war so intensiv, mein ganzer Körper war ein geiler Schwanz. So eine Erfahrung habe ich in meinem Leben noch nicht gemacht.

Nur kurz war die Verschnaufpause in der ich wieder zu einem halbwegs normalen Level an Geilheit zurückgekehrt bin.

Seine Hände reizen wieder meine Brustwarzen und kurz darauf meine Eier. 'Kann er meine Geilheit noch steigern?'

Meine Eichel fängt wieder an aufzuflammen. Er hat meinen Schwanz wieder in der Hand, fährt immer wieder langsam, in kreisenden Bewegungen, über meine blanke Schwanzspitze, wichst meinen ganzen Schwanz mit viel Druck aber sehr langsam. Am liebsten würde ich jetzt meine Ladung verspritzen, es fehlen nur ein paar zügige Wichsbewegungen von ihm und ich komme. Mein Orgasmus baut sich auf wie in Zeitlupe, jedes mal, wenn er mit seiner Hand über meine glühende Eichel fährt, hinab bis zu meinen Eiern, strömt grenzenlose Geilheit durch meinen Körper. Ich fühle meinen heißen Schwanz, meine prallen Eier, die gleich platzen vor Lust. Mein Körper sehnt sich nach dem erlösenden Orgasmus. 'Ohhh-jaaa...' Über Sekunden hinweg spannen sich alle Muskeln immer mehr an, mein Körper ist eine einzige mächtige Kontraktion und mein Gesicht verzerrt sich durch die gewaltige Anstrengung. Dann, in einem Sekundenbruchteil, löst sich alles in einer ersten druckvollen Entladung, jede Anspannung fliegt mit einem harten Strahl Sperma in meinen Bart. Ich atme heftig, winde mich unkontrolliert, alle Drogen, die mein Körper bereit hält fluten jede Zelle in mir. Das Blut rauscht durch meine Adern in meinen Kopf. Mein Schwanz pumpt Strahl um Strahl auf meinen Körper in mein dunkles Fell. Der Orgasmus dauert länger als ich es von mir kenne, das berauschende Gefühl das von mir Besitz ergriffen hat entlässt mich nur langsam aus seinem festen Griff. So heftig ist es mir noch nie gekommen. Ich liege völlig erschöpft da, spüre seine Hände auf meinem zuckenden Schwanz und auf meinem heftig bebenden Herz. Mein Sperma liegt in milchig weißen Strängen auf meinem Körper, sickert zäh durch meine Behaarung.

"Die Einladung zum Essen hast du dir auf jeden Fall verdient!" Sage ich mit einem grinsen auf dem Gesicht. Ich richte mich auf, setzte mich auf die Liege und schaue mir diesen Mann, der mir den intensivsten Höhepunkt meines Lebens verschafft hat, etwas genauer an. Er ist ein schöner Mann, mit einem ordentlichen feuchten Fleck auf der Hose.
Wir bereden, welches Essen wir mögen und plötzlich fragt er: "Wie heißt du überhaupt?"
'Den Namen habe ich während der Massage gar nicht vermisst', stelle ich in Gedanken fest.
"Erich, und du?"
"Dieter."

'Dieter, das passt irgendwie zu ihm.'

Wir ziehen uns an und gehen los zum Asiaten. "So entspannt habe ich mich schon sehr lange nicht mehr gefühlt."
"Das freut mich... sehr!"

Kapitel 2
Blackout

Erich schlägt vor, in das China-Restaurant nicht weit von hier zu gehen. Es gibt dort einen kleinen Außenbereich wo man schön unter Bäumen sitzen kann. Früher war es, glaube ich, ein kleiner Biergarten gewesen. Es ist gut besucht und draußen ist noch genau ein Tisch frei, den wir gleich besetzen. So richtig ungestört reden können wir hier also nicht. Ich freue mich trotzdem hier zu sein, endlich Wochenende, draußen sitzen, leckeres Essen und ein richtiger Kerl der mich gerade vergnügt und zufrieden anlächelt.
Die asiatische Bedienung reicht uns lächelnd die Speisekarte und begrüßt uns freundlich. "Wissen sie schon, was sie trinken möchten?"

Bei einem erstes Date laufen die Gespräche eigentlich fast immer gleich ab. Man erzählt sich gegenseitig seine Lebensgeschichte, wo man aufgewachsen ist, was man gelernt hat, die berufliche Laufbahn, Hobbys und gescheiterte Liebesbeziehungen. Was willst du sonst auch reden, wenn dein Gegenüber praktisch ein fremder Mensch ist und du nichts über ihn weißt?
Erich erzählt von seiner aktiven Zeit als Gewichtheber, erklärt mir detailliert, was wichtig ist in diesem Sport, damit man seine maximale Leistungen abrufen kann und sich beim Umgang mit den schweren Gewichten nicht verletzt. Wir lachen über Pointen wie "Riechsalz ist nicht zum würzen von Speisen geeignet!" oder "Mit Dünnpfiff solltest du keine Gewichte heben!"
Er erzählt von Erfolgen und Misserfolgen, die Schattenseiten des Sports und dass er während

dieser Zeit nicht viel Zeit für Freunde oder Beziehungen gehabt hat.
"Was machst du denn jetzt beruflich?" Frage ich nach.
"Immobilienmakler in der Agentur die mal meinem Onkel gehörte." "Nachdem ich meine Karriere als Sportler beendet hatte, hing ich erst mal herum. Als Gewichtheber hast du nicht die Werbeverträge, die Athleten aus populären Sportarten bekommen. Reich bin ich also nicht geworden. Mein Onkel fragte mich dann irgendwann ob ich nicht mal in seiner Agentur vorbei schauen möchte." "Es hat mir dort ganz gut gefallen und überarbeiten tut man sich in dem Beruf auch nicht wirklich." Gesteht er mir schmunzelnd.
Das Essen kommt und der Duft lässt mir sofort das Wasser im Mund zusammen laufen. Die Wirkung, die Erich auf meinen Schwanz hat, hat dieses Essen auf meinen Speichelfluss. Ich packe mir eine große Portion Reis auf den Teller und bedecke den mit meinem würzigen Hühnchengericht. Die Unterhaltung entschleunigt sich merklich während wir unser Essen genießen.
"Bist du öfter hier?" Fragt mich Erich.
"So einmal die Woche esse ich hier Mittagstisch. Es liegt so nah an der Praxis und ich mag das Essen hier einfach." "Und du?"
"Ich hab das Restaurant erst kürzlich für mich entdeckt. Ein paar Freunde haben es mir empfohlen. Ein anderes Männerpaar." "Erzähl doch mal von dir, wo bist du denn aufgewachsen?"
"Ländlich..."
Ich erzähle ihm meine Lebensgeschichte, dass es problematisch war als junger schwuler Mann auf dem Land und dass ich mein Coming Out erst mit 29 hatte. Er nickte verständnisvoll und meinte: "Im Profisport kannst du dich auch nicht einfach outen. Diese ganze

Heimlichkeiten rauben so viel Energie." Wir nicken uns ernst zu. "Dann habe ich irgendwann umgeschult weil ich Menschen durchkneten spannender fand als Maschinenschlosser. Das ist aber schon eine Ewigkeit her."

Mittlerweile ist es schon 21 Uhr und wir verlassen das Restaurant.
"Hast du noch Lust auf einen kleinen Spaziergang?" Ich schau in sein fragendes Gesicht und antworte: "Gerne."
"Der Park ist gleich da drüben und um diese Zeit ist da nicht mehr viel los." Schlägt Erich vor.
"Äh... wie meinst du das?" Frage ich sichtlich irritiert zurück.
"Oh Gott, nein, ich dachte nur, dass wir uns da ungestört unterhalten können. Im Restaurant war doch so viel los und ich machte mir ein paarmal Gedanken ob jemand mithört."
Ich lache. Nicht dass ich ein Problem mit Outdoorsex hätte, im Gegenteil, ich bin gerade ziemlich geil, habe ich doch vor ein paar Stunden diesem geilen haarigen Kraftpaket die Palme gewedelt. Aber ich rechne nicht damit, dass er schon wieder geil ist. Er ist so heftig auf meiner Pritsche gekommen, das sollte ihn tief befriedigt haben. Sex im Park mit ihm ist also eher unwahrscheinlich.
Nur kurz, mit seiner linken Hand auf meiner Schulter, gibt er mir zu verstehen, dass wir hier entlang gehen sollen, Richtung Park. Seine Berührung lässt mir einen angenehmen Schauer durch den Körper fließen. Ganz still und wortlos schlendern wir nebeneinander her. Ich habe kein Problem mit Stille und mag es, wenn nicht pausenlos gequasselt wird, oder dann sogar ein Zwang entsteht und irgendwas

belangloses beredet werden muss. Das Wetter ist doch meistens ein Thema, bei dem dann der Boden des Niveaus erreicht wurde.

"Ganz schön schwül seit ein paar Tagen, nicht?" Ich muss lachen über Erichs niveauvolle Frage. Smalltalk halt.

"Ja, aber auch schön, dass man um diese Zeit noch leicht bekleidet durch den Park schlendern kann."

"Ja, und mir gefällt was ich sehen kann. Vorhin in deiner Praxis habe ich deinen Oberkörper gesehen. Du bist ein schöner Bär." Seine Hand streichelt kurz über meinen Rücken. 'Ein schöner Bär!' Das Kompliment von diesem geilen Kerl tut mir gut bis in den kleine Zeh. "Danke dir! Deinen Körper zu kneten war ein Genuss." Versuche ich mich zu revanchieren.

Wir grinsen uns wieder an. Erich ist sehr sympathisch und wenn ich bedenke, wie sich alles seit der letzten Stunde in der Praxis bis hierher entwickelt hat, dann bin ich doch erstaunt, wie schnell sich die Stimmung drehen kann... in diesem Fall voll ins Positive.

"Ja, du hast jeden Zentimeter von mir durchgearbeitet."

"Fast jeden Zentimeter!" Ich denke daran, dass ich mich nicht getraut habe seinen Anus zu berühren.

Wir gehen weiter, der Weg führt unter großen Bäumen hindurch und an Wiesen vorbei. Es hatte ein paar Wochen nicht geregnet, so dass die Wiesen halb vertrocknet sind und irgendwie strohig riechen. Unsere Unterhaltung führen wir über aktuelle Themen der Politik, Sport und auch Kinofilme. Ich habe das Gefühl, mit Erich kann man unkompliziert quasseln, jedes Wort fließt einfach so heraus und auch er scheint sich wohl zu fühlen. Ungefähr 30 Minuten später sind wir im weiten Bogen durch den Park gegangen.

"Ich wohne gleich hier in der nächsten Straße, hast du Lust auf einen Drink mit rein zu kommen?" 'So geil wie ich bin würde ich dir überall hin folgen', denke ich und sage einfach: "Ja, bin gespannt wie du wohnst." 200 Meter weiter stehen wir vor einem kleinen, älteren Haus mit Garten. Es dämmert langsam und im Halbdunkeln wirkt das Haus sehr einladend.
"Lass uns rein gehen, ich zeige dir alles."
Ich lächle und folge ihm.
"Das Haus ist nicht sehr groß, aber ich dachte, hier werden sowieso mal keine Kinder herum springen und mir reicht es so. Mein Onkel hat es mir damals gezeigt und ich habe mich gleich wohl gefühlt. Hab das keine Sekunde bereut."
Das Haus ist super und macht einen bodenständigen Eindruck. Hier wohnt ein Mann, der keine Superlative nötig hat und bedarfsgerecht lebt. Sehr sympathisch!
Wohnzimmer, Esszimmer und Küche sind praktisch eins und haben einen Blick durch ein größeres Fenster in den Garten, mit Terrasse. Ich gehe hinaus und schaue mir den Garten an, der einigermaßen gepflegt ist. "Was sind das denn für Kuppeln hier?"
"Das ist das Oberlicht und die Belüftung für den Pool."
Ich mache große Augen. Soviel zum Thema bodenständig und bedarfsgerecht.
"Darf ich den sehen?" Frage ich neugierig.
"Ja, warte, ich muss noch etwas trinken. Magst du auch ein Glas?"
Ich nicke und frage nach dem Klo. Seit ich Erich massiert habe bin ich nicht mehr auf der Toilette gewesen und meine Blase drückt jetzt etwas unangenehm.
Zwei Minuten später trinke ich mein Glas Wasser auf einen Zug leer.
Wir gehen die Treppe hinab an den Kellerräumen

vorbei. Am Eingang zum Pool bittet mich Erich die Schuhe auszuziehen.

"Das war alles schon im Haus eingebaut, vor ein paar Jahren waren Sanierungsarbeiten fällig und ich hatte kurz überlegt alles still zu legen. Ich mag das Wasser aber sehr. Hier kann man schön abschalten und den Alltagsstress von sich abspülen."

Der Pool ist nicht groß, ich schätze ungefähr 4x2 Meter vielleicht. Es leuchtet türkisfarben aus dem Wasser heraus und die ockerfarbenen Natursteinfliesen, an meinen nackten Füßen, fühlen sich gut an. In dem Raum unter der Terrasse befindet sich sonst nur noch eine geschwungene Liege aus Holz mit einem kleinen Tischchen und in der Ecke eine Dusche.

"Ist das Wasser warm?"

"Klar, ich würde den Pool nicht nutzen, wenn es nicht warm genug wäre. Hast du Lust hinein zu springen?"

"Ich liebe Wasser. Ja, gerne." Ich liebe Wasser wirklich sehr und bin auch ein ganz guter Schwimmer. Allerdings habe ich auch große Lust mich nackt zu machen und hoffe, dass Erich mich nicht alleine baden lässt

"Okay, geh aber bitte kurz unter die Dusche bevor du ins Becken springst. Ich hole Handtücher."

Im Sommer ist man generell schnell ausgezogen. T-Shirt, kurze Hose und den Slip, lege ich auf die Holzliege. Dann drehe ich die Dusche auf und warte, bis das Wasser warm genug ist um mich drunter zu stellen. Ahh, das tut so gut, das Wasser, das mir auf die Stirn prasselt und an meinem Körper entlang in Richtung Duschwanne läuft. Den Schweiß des Tages einfach wegspülen. Das Duschgel riecht erfrischend und ich wasche mir den Kopf samt Bart und mich auch gleich unter den Achseln. Mit einer zweiten

Portion Duschgel seife ich meinen Arsch ein und wasche meinen Pimmel, streife die Vorhaut zurück um auch die Eichel schön sauber zu machen. Meine Eier lasse ich durch meine seifigen Hände flutschen. Das sollte reichen, ich bin ja kein Bauarbeiter und werde nicht wirklich schmutzig über den Tag hinweg. Mit einer Hand teste ich die Temperatur im Pool und stelle fest, dass es wirklich angenehm warm ist. Wenn ich schätzen müsste, so an die 30 Grad warm. Mit jedem Schritt in den Pool wird mein Körper leichter und ich genieße die Schwerelosigkeit im Wasser.
Erich kommt mit zwei Handtüchern zur Türe herein. Es muss ihm wohl warm geworden sein, denn sein Oberkörper ist frei. Er grinst mich an und fragt: "Und, warm genug?" Ich nicke lächelnd zurück.
Er dreht sich um, streift seine Hose samt Slip herunter und ich erhasche einen kurzen Blick auf seinen prallen unbehaarten Hintern samt Gehänge. Dann macht er sich auf den Weg zur Dusche, dreht voll auf und seift sich mit viel Gel von oben bis unten ein. Dabei schäumt es in seinem dichten Pelz weiß auf. Mit beiden Händen, den Blick nach unten gerichtet wäscht er sich in seinem Schritt, was ich nur von hinten sehen kann. Er lässt sich ganz schön Zeit, denke ich, und spült sich dann endlich die Seife vom Körper, wozu viel Wasser nötig ist. Endlich dreht er sich zu mir um, nimmt Anlauf und springt mit einer Arschbombe in das Becken so dass eine Welle über den Beckenrand spritzt. Für einen Moment sah ich den Kerl in der Luft, mit angezogenen Beinen, einen blanken Arsch und dicke Eier, bevor er kurz vor mir in das Wasser drang. Ich pruste, die Welle ist mir voll in mein Gesicht geklatscht. Als Erich auftaucht schauen wir beide etwas verlegen. Weshalb eigentlich?
Das Wasser umspielt seine Schultern und die Haare

auf seiner breiten Brust. Er grinst mich an und nun kann ich nicht mehr anders, ich gehe den letzten Schritt auf ihn zu und umarme ihn. Seine Arme umschließen mich fast zeitgleich. Dann küssen wir uns endlich. Erichs Lippen fühlen sich weich an und der dicke Bart kitzelt an meiner Nase. Ich spüre seine Brust an meiner Brust, seinen Bauch an meinem Bauch. Ein wohliges Gefühl durchdringt meinen Körper, wir halten uns einfach, drücken uns eng aneinander. Ein schöner Moment.
"Komm mit, wir machen es uns gemütlich."
Gemütlich machen hört sich gut an. Wir trocknen uns ab und gehen nach oben. Die Stufen hinauf genieße ich den Blick auf sein Hinterteil und bin fasziniert von seinen Beinmuskeln, die seinen schweren Körper Stufe um Stufe nach oben wuchten. Er nimmt meine Hand und führt mich quer durch die Wohnung in sein Schlafzimmer hinein. Das Bett ist groß, sauber und schaut sehr einladend aus. Mit einer fließenden Bewegung dreht er sich um und lässt sich rücklings ins Bett fallen. 'Das Bett scheint also stabil zu sein'. An der Zimmerdecke hängt ein Ventilator, der ausgeschaltet ist. Mit einer einladenden Geste fordert Erich mich auf, mich zu ihm ins Bett zu legen. Bei diesem Anblick wird es mir ganz warm im Schritt. Langsam gehe ich auf sein Bett. Meine Knie sind zwischen seinen Knien, ich beuge mich vor und lege mich auf ihn drauf. Gleich darauf umschließen mich seine starken Arme. Ich spüre Wärme, Geborgenheit, Sicherheit. Ich höre seinen Atem, das rascheln wenn sich sein Bart an meiner Wange reibt und seinen kraftvollen Puls. Ich rieche das frische Bett, den nassen Bart und das Testosteron in seinem frischen Schweiß. Ich mache meine Augen auf, möchte ihn sehen, seinen Bart, seinen Mund, seine Augen. Meine

Hände wandern, erkunden sein Gesicht. Ich greife in seinen Bart, streiche seinen Hals entlang zu seiner männlichen Brust. Dann dreht er mich sachte von sich herunter. Ich liege auf meinem Rücken neben ihm. Mit seinen großen Händen fängt er an meinen Körper zu erkunden. Meine Brust, meinen Bauch und hinab zu meinen Schenkeln. Ich schaue auf seinen haarigen festen Bauch, der sich mir entgegen wölbt und sich mit jedem Atemzug hebt und senkt. Seine rechte Hand streichelt meine Eier. Mein Gesicht wird auf einmal ganz warm, das fühlt sich so gut an.
"Du bist ein schöner Bär..." Wiederholt er sein Kompliment. "...und du hast einen schönen dicken Schwanz mit tollen Eiern dran... Ist das dein Massagestab?" Er grinst mich breit an. Ich grinse zurück. Tolles Wortspiel.
Er fängt an mit meinem Massagestab zu spielen, was in mir noch mehr Hitze entfacht. In seinen Augen spiegelt sich wieder Geilheit. Mein Schwanz scheint ihn zu faszinieren und sein Blick wendet sich kaum von ihm ab. Meine Eichel ist groß, prall, zart rot und wird immer feuchter. Erich beugt sich langsam nach vorn und schaut sich mein Glied ganz genau an. Er nimmt meinen Schwanz und drückt ihn gegen seine bärtige Wange, stöhnt etwas und riecht dann genüsslich an der Eichel um sie gleich darauf mit seinen Lippen zu erforschen. Sein Mund öffnet sich immer weiter und meine Eichel verschwindet. Die Wärme von seinem Mund breitet sich, über meinen Schwanz hinaus, auf meinen ganzen Körper aus. Ich schaue auf seinen dichten Bart und an der Glatze vorbei auf seine starken Muskeln an seinen Schultern und Armen. Ich stöhne auf, habe das Gefühl gleich in seinem Mund zu kommen. Dann lässt er ab, gerade rechtzeitig. Er richtet sich auf und ich kann sehen,

dass sich seine Männlichkeit voll aufgerichtet hat. "Du bist so ein geiler Kerl." gesteht er mir mit geweiteten Augen. "Und du erst!" erwidere ich.
Zwei Sekunden später sitzt er so auf meinen Schenkeln, dass er seinen Steifen an meinen legen kann. Ein geiler Anblick. Mit zwei Schwänzen in seiner breiten Hand fängt er an zu wichsen. Dabei bewegt sich sein Becken immer wieder vor und zurück. Mein Schwanz möchte am liebsten explodieren, und auch wieder nicht, damit dieses tolle Gefühl nie endet. Er rutscht weiter vor und hat nun mein hartes Glied, das auf meinem Bauch liegt, zwischen seinen Arschbacken. Massiert meinen Massagestab mit seinem Arsch. Der Druck auf meinen Schwanz lässt mich fast kommen. Ich gebe ihm zu verstehen, dass ich das nicht mehr lange aushalte und wenn er nicht möchte, dass ich meine Ladung verschieße, brauche ich eine Pause. Er beugt sich vor und küsst mich, spielt mit seiner Zunge an meinen Lippen und reibt seinen Bart an meinen. Dann greift er meinen harten Schwanz und führt ihn an seinen Anus. 'Er wird doch nicht...' Seine prallen Eier verwehren mir den Blick, aber ich spüre es deutlich. Meine Eichel drückt gegen den Eingang an seinem Loch und bahnt sich den Weg hinein, ganz langsam. Erst wenige Zentimeter, bis der Schließmuskel sich weitet und meine feuchte Eichel aufnimmt. Er wartet kurz, in seinem Gesicht sehe ich wie geil er auf meinen feuchten Stab ist, aber auch dass er meinen breiten Schwanz nicht einfach so wegsteckt. Ganz sachte hebt er sein Becken an, gibt meiner Eichel wieder mehr Freiheit und seiner Rosette Gelegenheit sich zu entspannen. Drei Sekunden später spüre ich wie der Druck auf mein Glied wieder zu nimmt. Mein Schwanz will jetzt unbedingt da rein. So geil wie ich bin möchte ich mein

Steifen jetzt sofort am liebsten voll reinrammen.

Ich winde mich unter ihm und genieße die Wärme, die auf meinen Schwanz wirkt, je weiter ich in ihn eindringe. "Aaahhhh..." Höre ich. Er verharrt einen kurzen Augenblick und beginnt dann langsam auf meinem Schwanz auf und ab zu reiten. Noch fehlen die letzten drei Zentimeter, aber mit jedem mal wo er sein Becken senkt, nimmt er mehr von meinem steifen Glied in sich auf. Lange werde ich das nicht aushalten der Anblick von seinem haarigen Bauch, die Wollust in seinen Augen, das Stöhnen... das gemeinsame Stöhnen. Ich nehme seinen Schwanz in die Hand und fange an ihn zu wichsen. Seine Erregung nimmt schlagartig zu. Während meine Eichel seine Prostata massiert, massiere ich seine Eichel. Meine Eichel möchte immer mehr endlich mein Sperma herausschleudern, mit jedem Eindringen steigert sich das Verlangen endlich kommen zu dürfen. Ich spüre wie sich meine Eier an meinen Körper pressen, bereit zum Finale. "Ich komm gleich!" Sag ich. "Ja, ich auch!" Presst Erich durch seine geschlossenen Zähne. Sein Kopf legt sich in Zeitlupe in den Nacken. Ein erster heißer Schwall Sperma schleudert sich aus seiner roten Eichel quer über mein Gesicht. "aAAAAAhhh..." ein zweiter spritzt auf meine Brust. Der Geruch von seinem Sperma, sein Orgasmus, sein angespannter Körper auf mir gibt mir den Rest und während aus Erichs Eichel seine letzten Tropfen Sperma fließen, glüht meine Eichel in seinem Arsch auf und entlädt alle Geilheit mit einer übermannenden Gewalt und ich ergieße mich in ihm.

Ein beißender Geruch weckt mich. 'Was ist das? Was ist los?'

"Riechsalz. Geht's dir gut? Du warst kurz

weggetreten." Besorgt schaut mir Erich ins Gesicht.
"Oh, okay. Mir geht´s gut, glaube ich."
So einen Orgasmus habe ich noch nie erlebt. Dass mir die Lichter dabei ausgehen ist auch noch nie vorgekommen. Es war aber auch der geilste Sex, den ich je hatte.
"Das hat mich wohl überwältigt. Ist mir noch nie passiert, dass ich dabei weggetreten bin."
Sage ich.
Er lächelt mich an und nimmt mich in seine Arme. "Am besten du bleibst heute Nacht hier."

Kapitel 2.5
Neugier

Das Chinarestaurant ist gleich ein paar Straßen weiter, nur ein kurzer Fußweg von Dieters Massagepraxis entfernt. Erst kürzlich bin ich mit Freunden dort gewesen und das Essen schmeckte mir wirklich gut. Die Bedienung ist sehr freundlich und man sitzt auch schön, bei gutem Wetter natürlich draußen wo große alte Bäume Schatten spenden. Ich habe jetzt richtig Lust auf leckeres Essen und bin neugierig, wie sich der weitere Abend mit Dieter entwickeln wird.
Das Restaurant ist gut besucht und ich freue mich, dass es draußen noch einen freien Tisch hat.
Wir studieren die Speisekarte und bei der Beschreibung von einem Gericht mit Ente, läuft mir das Wasser im Mund zusammen, also bestelle ich Ente.
Etwas unsicher, über was wir reden sollen schaue ich Dieter an. Doch der fragt mich interessiert nach meiner sportlichen Karriere. "In der siebten Klasse wurde mein Sportlehrer auf mich aufmerksam..." beginne ich meine Ausführungen, erzähle wie der Sport Stück für Stück und Jahr um Jahr immer wichtiger wurde in meinem Leben. Berichte von meinen Erfolgen aber auch von den Schattenseiten und dass es sehr viel Arbeit ist, für einen kurzen Moment in dem man stolz seinen Sieg feiert. Ich erzähle von meinem Leben nach dem Sport und dass ich jetzt als Immobilienmakler arbeite.
Das Essen kommt schneller als erwartet auf unseren Tisch und duftet verführerisch. Hungrig lade ich meinen Teller voll. "Guten Appetit."
"Danke, dir auch einen Guten Appetit."

Wir essen und irgendwann frage ich Dieter nach seiner Vergangenheit. Er erzählt mir von seiner Zeit als junger heranwachsender, sein Leben im Dorf und wie es ist, wenn man meint der einzige Schwule in der Umgebung zu sein. Dieter hat sich vom Maschinenschlosser zum Physiotherapeuten entwickelt, was ich sehr spannend finde, da das eine ja rein gar nichts mit dem anderen zu tun hat. Jedenfalls ist er ein toller Masseur mit einfühlsamen aber auch kraftvollen Händen, die er bestens einzusetzen weiß.

Die Sonne ist mittlerweile untergegangen und es dämmert. Der Himmel ist auf der einen Seite orange-rot und auf der anderen Seite tief blau, ein angenehmer, schöner Sommerabend. Hier im Restaurant sind wir leider nicht ungestört, zu viele Gäste können unsere Gespräche mithören. Dabei hätte ich sehr gerne gesagt, dass mir die Massage so richtig gut getan hat und ich es richtig genossen habe, was Dieter mit mir angestellt hat, aber so etwas beredet man dann doch lieber nicht unter fremden Leuten. Von Dieter möchte ich mich noch nicht verabschieden, ich bin immer noch neugierig und finde die Idee, mit ihm durch den Park zu gehen gut. Bestimmt sind wir um diese Zeit dort ungestört, also frage ich ihn: "Hast du Lust auf einen kleinen Spaziergang? Der Park ist gleich da drüben und um diese Zeit ist da nicht mehr viel los."

Dieter ist sichtlich irritiert und einen Moment später wird mir meine Wortwahl bewusst. Ich erkläre ihm meine Gedanken und freue mich, dass er auch Lust auf einen Spaziergang hat. Das Tageslicht nimmt immer mehr ab und im Park ist so gut wie niemand mehr unterwegs. Jetzt hätte ich Gelegenheit ihm zu danken, ihm zu sagen, wie toll die Erfahrung auf seiner Liege für mich war. Aber irgendwie weiß ich nicht wie ich mein Erlebnis mitteilen soll ohne die Worte: Geil, Schwanz und Sperma. Am liebsten hätte ich einfach gesagt: 'Das war die geilste Erfahrung seit langem, mein Schwanz hat sich noch nie so heiß angefühlt und so viel Sperma gespritzt... mir ist es noch nie so heftig gekommen!' Ich entscheide mich es nicht so zu sagen weil es mir viel zu intim erscheint. Für diesen Moment zumindest. Ich sage stattdessen etwas belangloses zur Wetterlage, die schon seit Tagen ungebrochen heiß ist.

Dann finde ich Gelegenheit ihm ein Kompliment zu machen und sage ihm: "Du bist ein schöner Bär." Ich streichel ihm kurz über den Rücken, einfach weil ich Lust dazu verspüre. Dieter gesteht, dass es ihm Spaß gemacht hat meinen Körper zu massieren. Ich bin froh, dass wir doch noch zwei-drei Sätze zu dem Thema austauschen, zwar die Details auslassen, aber klar stellen, dass wir beide Spaß gehabt haben.

Während wir durch den Park gehen wird mir klar, dass ich von diesen Kerl mehr will. Er ist sympathisch, hat eine angenehme wohltönende Stimme, redet locker und unkompliziert mit mir... dazu hat er auch noch einen schönen Bart... eigentlich ist der ganze Mann schön. Er ist ziemlich stabil gebaut, nicht schlank sondern eher fleischig und am liebsten würde ich meine Nase in seine Brustbehaarung drücken. Ich wette, er riecht auch noch richtig geil. Und wie schaut er wohl nackig aus? Hat er einen großen oder einen kleinen? Egal! Seine Hose hat jedenfalls eine gut erkennbare Beule, da wird schon was ordentliches drin sein, bin ich mir sicher. 'Ein Massagestab', geht es mir durch den Kopf und grinse.

Ich lenke den Weg in die Richtung, in der ich wohne, hoffe, dass er nachher noch mit rein kommt. Keine

Ahnung was dann passiert, jedenfalls ist es jetzt noch nicht einmal 22 Uhr und es ist noch reichlich Zeit, die ich gerne mit ihm verbringen möchte.

Wenig später frage ich ihn, ob er Lust hat mit rein zu kommen... auf einen Drink.

Wir gehen rein und Dieter schaut sich interessiert an wie ich wohne. Mein Haus ist ein kleines Haus. Mir war damals schon klar, dass ich keine Kinder haben werde. Weshalb sollte ich also ein viel zu großes Haus bewohnen? Nur um den Nachbarn zu zeigen, dass ich es kann? Nein. Ich mag meine "Hütte" und fühle mich hier sehr wohl.

"Was sind das denn für Kuppeln hier?" Dieter fragt nach den beiden Kuppeln im Garten, die für die Belüftung im Poolraum unter der Terrasse zuständig sind und tagsüber auch ein angenehmes Licht dort geben. Dieter ist sichtlich erstaunt. Einen Pool hat er hier offensichtlich nicht erwartet und möchte diesen jetzt gerne sehen.

Als ich damals das Haus besichtigt habe, war der Pool der Hauptgrund für meine Kaufentscheidung. Ich liebe es, wenn das Wasser meinen Körper in sich aufnimmt und das Gefühl der Schwerelosigkeit darin.

Ich frage Dieter, ob er Lust hat den Pool auszuprobieren. Nicht ohne Hintergedanken, denn dann kann ich ihn mir mal ein bisschen genauer anschauen, schauen was da alles an ihm dran ist.

Er scheint Wasser auch zu mögen denn er ist von der Idee regelrecht begeistert. 'Hmm...', denke ich, 'er hat wohl Lust sich nackig zu zeigen.'

"Okay, geh aber bitte kurz unter die Dusche bevor du ins Becken springst. Ich hole Handtücher." Sage ich und gehe hoch um diese zu holen. Am liebsten hätte ich ihm jetzt zugeschaut, wie er sich auszieht und sich dann unter der Dusche einseift. Während ich die

Treppen hoch gehe stelle ich mir vor wie ich Dieter unter der Dusche kräftig einseife und wie das heiße Wasser auf unsere Körper prasselt, wie wir uns umarmen, spüren und küssen. 'Ich sollte mich lieber beeilen, sonst ist er schon im Wasser bis ich wieder unten am Pool bin.' Denke ich, 'und dann sehe ich nicht mehr, was sich zwischen seinen Beinen befindet.'

Mein Hemd ziehe ich gleich hier oben aus, schnappe die zwei Handtücher und gehe wieder nach unten. Dieter gleitet gerade vollends ins Becken, genießt offensichtlich das Wasser, wie es seinen Körper umschließt und ihn trägt. 'Mist, ich bin einen Tick zu spät.'

Ich ziehe mir unbekümmert die Hose herunter, Dieter hat ja sowieso schon alles gesehen, und seife mich unter der Dusche kräftig ab. Meine Brusthaare fühlen sich immer noch etwas ölig an und hier und da sind auch noch ein paar Haare zusammengeklebt. In meinen Pool steige ich niemals ungeduscht. Das angenehme Nass soll nicht unnötigerweise mit irgendwelchen Verunreinigungen belastet werden. Die Seife wäscht sich nur mit viel Wasser aus meinem Pelz. Jetzt kann ich ins Wasser zum Dieter, endlich. Ich drehe mich um und nehme spontan Anlauf und springe mit einer satten Arschbombe ins Wasser, direkt vor Dieters Gesicht, der dadurch einen heftigen Schwall Wasser abbekommt.

Als ich wieder auftauche bin ich für einen Moment unsicher, ob das eine so gute Idee war. Nicht jeder möchte, in einem Pool, von einem "Tsunami" überflutet werden. Dann grinse ich ihn an und wir umarmen uns. Dieter fühlt sich gut an, er küsst mich. Ich fühle seine Zunge, wie sie mit meinen Lippen spielt und mich liebkost. Wir halten uns einen schönen

langen Moment in den Armen, spüren einander. Die Wärme, die Dieter auf mich überträgt ist so wohlig und angenehm zu spüren. 'Ich möchte, dass er auch einen schönen Orgasmus hat', und sage: "Komm mit, wir machen es uns gemütlich."
Wir steigen aus dem Pool, trocknen uns ab. 'Zwischen seinen Beinen hängt so einiges', geht es mir durch den Kopf und ich frage mich wie sein kleiner Freund aufgerichtet ausschaut.
Rücklings lasse ich mich auf mein Bett fallen, schaue Dieter auffordernd an und breite meine Arme aus. Er scheint aufgeregt zu sein, weiß nicht, was passieren wird. Ich nehme ihn in meine Arme und halte ihn ganz ruhig fest. Eine Zeit lang spüren wir uns. Dieters Gewicht auf mir ist für mich kein Problem. Mein Brustkorb hebt und senkt sich bei jedem Atemzug und hievt Dieter ein paar Zentimeter in die Höhe um ihn dann gleich wieder abzusenken. Dieter wird aktiv und beginnt mich zu erkunden, dabei kennt er doch schon alles und außerdem möchte ich eigentlich ihn erkunden, ihn verwöhnen. Mal schauen was ihm gefällt. Ich drehe ihn sachte von mir herunter und schaue ihn mir an. Seine Brust schaut so schön männlich aus. Meine Hände streicheln ihn, seine Behaarung, seinen Bauch bis hinunter zu seinen Schenkeln. Seine Eier sind toll. Ich nehme sie in die Hand und massiere sie vorsichtig. Sein Sack fühlt sich weich an und seine Eier flutschen darin zwischen meinen Fingern hindurch. "Du bist ein schöner Bär..." wiederhole ich mich und sehe, wie sein Schwanz immer mehr anschwillt, sich mit Blut füllt und zu einer ordentlichen Größe heranwächst. 'Das ist ein ordentliches Kaliber!' Ich versuche einen Witz in dem ich ihn frage ob das sein "Massagestab" ist. Er grinst mich an, wahrscheinlich war das doch ein wenig zu

"platt". Dass der so groß wird, habe ich nicht gedacht, vorhin sah er doch eher normal aus, was auch immer das heißt. Jedenfalls ist er länger als meiner, vielleicht nicht so dick, aber immer noch ein Durchmesser, der erst einmal reinpassen muss. Überdurchschnittlich, soweit ich das beurteilen kann, auch wenn ich den Penis eines Mannes eher als nebensächlich einstufe, gehe ich doch mit einem Mann ins Bett und nicht mit einem Schwanz. Er schaut trotzdem faszinierend aus. 'Wie er wohl riecht? Wie er sich wohl in mir anfühlt?' Ich nehme seinen geilen Schwanz und reibe ihn mir durch den Bart, rieche an ihm. Der riecht so geil, ich bekomme Lust ihn mir in den Mund zu stecken und genüsslich daran zu lutschen. Seine Eichel füllt meinen Mund ordentlich, ein Lusttropfen fließt aus seinem Schlitz und bildet einen salzigen Geschmack auf meiner Zunge. Dieter stöhnt und genießt wie ich seine Eichel in meinem Mund verwöhne. Bevor er kommt lasse ich von seinem Massagestab ab, richte mich auf und nehme unsere beiden Schwänze in meine rechte Hand, wichse langsam. 'Den jetzt spüren, tief in mir. Ob er überhaupt rein geht? Ist das geil!' Ich lasse los. Sein harter Schwanz liegt nun vor mir auf seinem Bauch und ich rutsche einfach nach vorne, über ihn, reibe sein steifes Glied mit meiner Arschspalte, vor und zurück. Das lässt ihn fast explodieren und er windet sich vor Geilheit unter mir. Wir pausieren, küssen uns wieder. Nur ein kleine Auszeit... Dann nehme ich seinen prächtigen Schwanz, platziere ihn an meinem Loch und senke mein Becken langsam und vorsichtig ab.
So ein Schwanz, egal ob dick oder dünn, kann einem die geilsten Gefühle bescheren, aber auch die Hölle an Schmerzen, wenn man ihn zu gierig in sich aufnehmen möchte und den Schließmuskel dabei

gewaltsam weitet. Schmerzen möchte ich natürlich vermeiden, also fühle ich in mich hinein.

Fühle, wie sich seine warme, feuchte Eichel durch mein Loch in mich hinein bohrt, wie sie an meinen Schließmuskel stößt und dagegen drückt. Ich warte, warte und genieße diesen Moment in dem sich ganz allmählich, Stück für Stück die Pforte weitet und den Weg frei gibt für diesen harten Lustbereiter. "Aaahhh..." 'Ist das geil!' Langsam drücke ich ihn immer tiefer in mein feuchtes Loch.

Sein Schwanz presst sich an meiner Prostata vorbei und augenblicklich spüre ich, wie sich ein dicker Lusttropfen durch meine Eichel zwängt. Ein Gefühl, als würde ein kleiner Stromstoß durch mein Schwanz zucken, nur kurz, aber so geil, dass ich es sofort wieder haben möchte. Dieters Augen wandern über meinen Körper, ich sehe, wie ihn das Spiel meiner haarigen, fleischigen Masse anmacht während ich mich auf und ab bewege und immer heftiger atme. Sein Schwanz dringt immer tiefer in mich und ich fühle, wie meine Eier seinen Bauch berühren, sich dagegen pressen, bis ich mein Becken wieder nach oben bewege. Sein geiler Stab füllt mich aus, massiert immer wieder mein Lustzentrum tief in mir drinnen. Wir stöhnen gemeinsam und schaukeln uns dem Höhepunkt entgegen. Dieter nimmt meinen Schwanz in seine Hand und fängt an mich zu wichsen. Die Intensität der kleinen "Stromstöße", die meinen Schwanz durchfahren steigern sich um ein vielfaches. Ich spüre, wie der Druck in meiner Prostata zunimmt und wie meine Eichel immer praller wird... 'Ich komme...'

Mein Körper spannt sich an, noch einmal presst Dieters Schwanz gegen meine Prostata und mit einem befreienden: "aAAAAAhhh..." spritzt mein

Sperma in Dieters Gesicht, für eine Millisekunde weiß ich nicht, ob ich lachen soll, dann durchfluten Glückshormone meinen Körper mit einem mal bin ich berauscht, kann nur noch fühlen... bade mich in den Drogen, die mich mit aller Macht in Besitz nehmen. Fast zeitgleich bäumt sich Dieter unter mir auf, spannt seine Bauchmuskeln so heftig an, dass sich sein Oberkörper vom Bett ablöst. Einen Augenblick später entlädt er sich in heftig Schüben in mir und fällt dann reglos nach hinten weg.
Ich bin erschrocken! Rufe: "He, alles okay?" Keine Antwort, Dieter ist bewusstlos. Besorgt fällt mir mein Riechsalz ein und ich hoffe, dass es hilft.
Mit einem großen Fragezeichen im Gesicht erwacht Dieter und weiß für einen Moment nicht was geschehen ist. Ich erkläre ihm die Situation und frage: "Geht´s dir gut?"
Offensichtlich hat ihn sein Orgasmus so übermannt, dass er kurz weggetreten ist.
Dann nehme ich ihn in meine Arme, lächle und sage: "Am besten du bleibst heute Nacht hier."

Kapitel 3
Machtvoll

"Guten Morgen Dieter."
Langsam gehen meine Augen auf. Noch schläfrig wird mir bewusst, dass ich bei Erich im Bett liege, der sein Brustfell an meinen Rücken drückt.
"Wie fühlst du sich?"
"Gut, danke. Und wie fühlst du dich?"
"Mir geht's so gut wie schon lange nicht mehr!"
"Magst du einen Kaffee? Sorry, aber für ein üppiges Frühstück habe ich leider nichts im Haus. Und... ich muss leider noch ins Büro fahren, da wartet noch ein Auftrag, den ich liegen gelassen habe und heute aufarbeiten muss. Für Kaffee ist aber noch Zeit."
"Okay, kein Problem... Ich geh mal ins Bad."
Ich drück ihm einen Kuss auf die Lippen und gehe ins Bad, setze mich aufs Klo, wasche mich anschließend und freue mich nun auf meinen Kaffee. Erich lässt gerade die zweite Tasse Kaffee aus der Maschine.
"Tut mir echt leid, dass ich dich so raus werfen muss, ich hätte sehr gerne noch mit dir gekuschelt aber die Arbeit habe ich blöderweise liegen lassen. Hätte ich geahnt, dass ich dich treffe... Der Sex mit dir war so schön."
Ich lächle. "Ja, obwohl mir die letzten Sekunden irgendwie fehlen." Wir lachen kurz auf. "War schon schade, dass ich den Schluss verpasst habe."
"Ich war kurz irritiert, als ich gesehen habe, dass du weggetreten bist. Zum Glück bist du mit dem Riechsalz gleich wieder zu dir gekommen. Auf der anderen Seite finde ich es natürlich super wenn ich so eine Wirkung auf dich habe." Und grinst mich breit an.
"Ja... hast du Zucker?"
"Moment... hier, bitte schön."

"Danke."
"Was machst du denn heute mit deinem Tag?"
"Ich werde gegen später an den Baggersee fahren und mich nackt in den Schatten legen. Ein bisschen schwimmen und ausspannen."
"Wo bist du da zu finden?"
"Möchtest du vorbei kommen?" Frage ich freudig.
Ich erkläre ihm wie er mich am Baggersee findet und wo er am besten parkt ohne einen Strafzettel zu kassieren. Wir verabreden uns auf 17 Uhr. Um diese Zeit wird es immer leerer am See und man hat seine Ruhe.
Den Tag verbringe ich mit den üblichen Tätigkeiten, die man so auf den Samstag verlegt. Praxis putzen, Wäsche waschen, Wohnung saugen, einkaufen und nach getaner Arbeit in Ruhe eine Tasse Kaffee trinken mit einem leckeren Stück Kuchen vom Bäcker.
Für den See packe ich einen Picknickkorb, mit einem kleinen Vesper und viel Wasser, für zwei. Eine große Decke zum drauf liegen habe ich sowieso immer dabei, wenn ich zum See fahre. Mein Buch darf auch mit, damit es mir nicht langweilig wird, wenn es nichts zum gucken gibt. Das Sonnenschutzmittel lasse ich zu der späten Zeit zuhause und nehme stattdessen das Mückenspray mit. Man weiß ja nie, ob die Viecher gerade beißen.
Heute ziehe ich nur eine knappe Sporthose an, damit kann ich auf eine Unterhose verzichten. Dazu ein helles Kurzarmhemd in dem ich mich sehr sexy fühle.
Auf der Fahrt zum See frage ich mich, wie Erich mit seiner Arbeit voran kommt und ob er überhaupt aufkreuzt. Wenn nicht, dann ist es auch nicht so schlimm, er wird schon seine Gründe haben. Mist, während dem Autofahren werden meine Gedanken immer so negativ. Er wird schon kommen. Wenn nicht,

dann ist es auch nicht so... Ich erreiche den Badesee und stelle mein Auto an seinen gewohnten Platz. Es scheint nicht viel los zu sein, Parkplätze gibt es jedenfalls jede Menge. Wahrscheinlich sind die meisten schon wieder nach Hause gefahren.

Der Fußmarsch zu meiner Lieblingsstelle dauert circa 20 Minuten. Es ist ziemlich genau an der gegenüberliegenden Stelle des Sees, dort, wo die Nackigen liegen. Während ich gehe reibt meine Eichel an der Innenseite der Sporthose hin und her, was mir ein paar lustvolle Schauer beschert. Unterwegs sehe ich, dass hier und da ein paar andere FKK-Begeisterte liegen oder im warmen Wasser planschen. Wenn man hier lange genug die Leute beobachtet, sieht man immer wieder auch welche im Gebüsch verschwinden. Nackt sein in der freien Natur ist was schönes, wenn man unter Gleichgesinnten ist! Mein Lieblingsplatz ist tatsächlich frei und ich breite meine große Decke aus, um mich gleich nackig drauf zu legen. Ich schnappe mir mein Buch und lese ein paar Seiten. Es ist spannend und plötzlich reißt mich Erich aus der Geschichte heraus. "Sorry, dass es später geworden ist. Dafür ist jetzt aber auch alles erledigt und ich habe den Kopf frei."

"Hey Erich, schön, dass es geklappt hat. Mir ist gar nicht aufgefallen, dass es schon... fast 18 Uhr ist. Mein Buch ist gerade so spannend." Ich lächle und mache ihm Platz auf der großen Decke.

"Ich glaube, ich springe erst mal ins Wasser. Kommst du mit?"

Ruck zuck steht er nackt vor mir. Auch er hat auf eine Unterhose verzichtet. Er schaut mich an und mit einem mal greift Erich zwischen meinen Beinen hindurch, fasst mit der anderen Hand einen meiner Arme, wuchtet mich mit Schwung auf seine Schultern

und trägt mich ins Wasser, untermalt von einem Aufschrei meinerseits. Ich spüre, zu was dieser Muskelbär alles fähig ist. Meine fast 100 kg nimmt er scheinbar mühelos auf seine breiten Schultern und trägt mich spazieren, bis zum Wasser um mich dann einfach rein zu werfen. Ich tauche prustend wieder auf und bin erstaunt und erheitert, jedenfalls eine merkwürdige Mischung von beidem. Er steht breit grinsend am Ufer. "Ist das Wasser warm genug?" Fragt er schelmisch. "Für dich wahrscheinlich nicht..." Antworte ich. "... du Prinzessin." Ich glaube Prinzessin ist wohl der mit Abstand am weitesten entfernte Begriff, der zu ihm passt. In diesem Moment fand ich es aber selbst sehr lustig. Er wohl auch, denn er prustet lachend los. Mit einem großen Sprung ist er im Wasser und schwimmt, ein bisschen unbeholfen, auf mich zu. Das Wasser ist sehr erfrischend und wir schwimmen ein paar Züge. Wieder abgetrocknet sitzen wir uns beide gegenüber auf der Decke und plaudern ein wenig über den Tag. Wir essen ein bisschen von dem, was ich in den Korb getan habe und legen uns dann einfach Seite an Seite hin um auszuruhen. Es scheint nicht abzukühlen heute. An wenigen Tagen im Jahr will das Thermometer nicht fallen in der Nacht und es gibt eine sogenannte tropische Nacht in Deutschland. Hier im Süden gibt es das immer öfter. Ich genieße den Moment und den geilen Anblick, der sich neben mich gelegt hat. Am See ist es mittlerweile sehr ruhig geworden und so langsam wird es auch dunkler.
"Magst du nochmal ins Wasser?"
"Ja, soll ich dich nochmal rein werfen?"
"Nein, das war vielleicht abgefahren! Wie stark bist du eigentlich? Mein Gewicht hat dich anscheinend nicht sonderlich daran gehindert mich ins Wasser zu

werfen,!"
"Naja, 100 Kilo habe ich damals zum aufwärmen genutzt." er zwinkert, und ich glaube seine Aussage ist nicht ganz richtig.
Wir baden also nochmal zusammen und dieses mal gehe ich auch selbst ins Wasser. "Soll ich dich mal versuchen aus dem Wasser zu stemmen?" Erich will es wohl wirklich wissen.
"Wie willst du das anstellen?"
"Leg dich mal auf das Wasser..." fordert er mich auf.
Er geht neben mir in die Hocke, platziert seine Hände unter mir und drückt mich aus den Beinen heraus aus dem Wasser, so, dass ich vor seiner Brust auf seinen Handflächen liege. Angenehm fühlt sich das nicht an, aber um ehrlich zu sein, fasziniert bin ich schon. Dann mit einem Ruck und viel Schwung hievt er mich über seinen Kopf in die Höhe um mich dann gleich rücklings ins Wasser zu werfen. Was soll ich sagen, sprachlos tauche ich wieder aus dem Wasser auf und ich glaube seither sehe ich Erich mit anderen Augen. Nicht angstvoll, sondern viel mehr respektvoll vor so viel Kraft.
"Das war unglaublich." sage ich endlich.
"War das okay für dich? Ich will dir nicht weh tun und auch nicht angeben. Tut mir Leid, wenn das zu viel für dich war." Es steht Reue in seinem Gesicht.
"Nein, ich bin ja nicht aus Zucker und besser konntest du mir nicht zeigen, wozu du fähig bist. Ich hoffe nur, ich muss nie Angst vor deinen mächtigen Muskeln haben."
Er schaut mich staunend an. "Nein, ich bin doch ein ganz lieber Kerl und ich würde dir niemals was antun. Verzeih mir, wenn ich zu forsch bin." Für einen Moment dachte ich, es rollen gleich Tränen aus seinen Augen.

"Du darfst mir gerne immer wieder deine Kraft zeigen, solange du mir nicht weh tust. Ich mag kräftige Kerle und ich mag haarige Kerle. Was ich aber am allermeisten mag ist ein Kerl mit einem weichen Kern und ich glaube, du hast einen weichen Kern."
Ich nehme ihn in meine Arme und höre ein leises: "Danke".
Ich gebe ihm einen Kuss auf seinen linken Bizeps und lächle ihn breit an. Er lächelt zurück, erleichtert.
"Darf ich mich auf dich legen?" Frage ich höflich. "Ich möchte gerne deine Wärme spüren." reiche ich als Erklärung nach.
Er dreht sich auf seinen Rücken und breitet seine Arme aus um diese gleich um mich zu schließen. In diesen Armen kann man sich nur geborgen fühlen. Eine Zeit lang liegen wir so da, über uns die laue Nacht.
"Was glaubst du, wie warm ist es noch?"
"25 Grad schätze ich."
"Ja, es scheint gar nicht abkühlen zu wollen!"
Ich rolle mich von Erich herunter um seitlich neben ihn zu liegen und streichel sein Brustfell. Nach ein paar Minuten legt Erich seine Arme hinter seinem Kopf ab. Seine Achseln sind haarig und nass vom Schweiß. Ein Geruch, der mich irgendwie anmacht steigt in meine Nase. Mir war nicht bewusst, dass ein Geruch so eine Wirkung auf mich haben kann. Der animalische Anblick tut sein übriges. Die Rückenmuskeln treten als breiter Wulst an seiner Seite hervor und reichen hoch bis hinter die Schulter, bilden mit dem Brustmuskel und dem Bizeps eine tiefe Achselhöhle. Ich drücke meine Nase hinein und rieche. Dieser Mann riecht verdammt gut. 'Man muss sich auch riechen können', geht es mir durch den Kopf. Das passt und mein Schwanz belegt meine

Feststellung mit einem freudigen Zucken. Mit meinen Lippen gehe ich auf Entdeckungsreise nach seinen Brustwarzen. Ich lutsche und knabbere leicht an seinen empfindlichen Lustknubbeln. Ein wohliger Schnaufer dringt an meine Ohren. Meine rechte Hand wandert über seinen Körper, streichelt seinen Bauch, verweilt ein wenig am Bauchnabel und erreicht schließlich sein Glied. Es ist steif und hart. Die Stimulation seiner Brustwarzen geht bei ihm direkt in den Schwanz über, wie bei mir. Ich bekomme Lust an seinem Prachtstück zu lutschen. Auf dem Weg dahin bedecke ich seinen Körper mit unzähligen Küssen. Immer wieder vergrabe ich mein Gesicht in seiner üppigen Behaarung. Sein Schwanz riecht genau so gut wie seine Achseln. Ich nehme seine Eier in meinen Mund. Die weiche Sackhaut fühlt sich gut an. Dann lecke ich links und rechts am Sack entlang hoch, bis zu seiner breiten Schwanzwurzel. Leise und wohlig stöhnt Erich und windet sich immer wieder unter meinen Liebkosungen. Ich lecke seinen Schaft hoch und höher. Ein Lusttropfen hat sich an der Spitze seiner Eichel gebildet den ich in meinen Mund sauge. Er schmeckt Salzig und würzig. Mit der Zunge spiele ich an seinem Vorhautbändchen und mit einer Hand massiere ich nun seine dicken Eier. Ich drücke seine Hoden etwas fester, nur ein bisschen, während ich an seiner Eichel lutsche. Offensichtlich gefällt ihm das, denn sein Schwanz wird schlagartig noch härter.
"Aaahhh..."
Das war kaum zu überhören, ich hoffe es sind keine Leute in der Nähe.
"Zu fest?" frage ich.
"Nein, aaahhh..."
Sein Schwanz ist nicht sehr lang aber ein sehr dickes Ding und ich versuche ihn tiefer in meinen Mund zu

schieben. Aus Sorge ihn mit meinen Zähnen zu verletzen beschränke ich mich wieder auf seine Eichel. Er scheint es jedenfalls zu genießen, egal wie tief ich ihn lutsche.

Nach ein paar Minuten zieht mich Erich zu sich hoch und drückt mir einen festen Kuss auf die Lippen.

"Jetzt bin ich dran." Sagt er und dreht mich auf meinen Rücken um sich gleich meinem feuchten und harten Glied zu widmen. Mir bleibt kurz die Luft weg, als mein ganzer Schwanz in seinem Mund verschwindet. 'Ordentliche Leistung', denke ich denn der hat mit Sicherheit hinten angestoßen. Er mag meinen Schwanz, das habe ich gestern Abend schon bemerkt. Schon alleine diese Tatsache macht mich so geil, dass ich die Erfahrung von gestern sofort wiederholen möchte. 'Hoffentlich werde ich nicht wieder ohnmächtig. Hat er sein Riechsalz dabei? Jedenfalls kann er mich problemlos zum Auto tragen.' Ich grinse in mich hinein, genieße gleichzeitig seine Liebkosungen. Zum Glück scheint der Vollmond immer wieder zwischen den Wolken hervor, denn mein Schwanz schaut richtig geil aus, wie er immer wieder aus seinem Mund heraus gleitet um dann gleich wieder darin zu verschwinden. Sein Mund ist eine warme feuchte Lusthöhle und meine Eichel fängt an wohlig zu glühen. Plötzlich wandert seine Zunge zu meinen Eiern, was ich sehr mag. Meine Eier fühlen sich in seinem Schlund genau so wohl wie sich vorhin mein hartes Glied angefühlt hat. Mit einer Hand wichst er meinen Harten während er meine Bälle lutscht. 'Das ist so geil.' Dann drückt er plötzlich, sanft aber bestimmt, meine Beine nach oben und vergräbt sein Gesicht in meinem Arsch. Seine Zunge kreist flott um meinen Anus und nun kann ich mich auch nicht zurück halten: "Aaahhh..." nicht so laut wie Erich aber doch ein deutliches Stöhnen, das bestimmt den halben See entlang zu hören ist.

Puhhh... er macht mich so richtig geil auf seinen Schwanz, der allerdings beängstigend breit ist.

"Ich habe Lust dich zu ficken. Ist das okay?"

Fragt er leise.

"Ja, aber sei vorsichtig mit deinem Dicken."

Mein sorgenvoller Blick ist ihm wohl nicht entgangen, denn er sagte: "Ich mach ganz langsam, und wenn er nicht rein will, dann ist das kein Problem!"

Meine Beine platziert Erich auf seinen Schultern und hat so meinen Arsch genau vor seinem dicken Glied platziert. Er befeuchtet sein Glied und meinen Arsch mit seinem Speichel und gleich darauf spüre ich seine warme Schwanzspitze an meinem hungrigen Loch. Das fühlt sich gut an. Er schaut mir in die Augen, bedacht mir keine Schmerzen zu bereiten. Ich schiebe ihm mein Becken entgegen, zeige ihm, dass er mehr Druck geben kann. Seine Eichel dringt Stück für Stück weiter in mich hinein und presst sich immer fester gegen den Schließmuskel, der nur sehr widerwillig nachgibt. "Warte." Sag ich.

Ich spüre wie sich mein Arsch ganz langsam entspannt und sich mein Schließmuskel weitet, bereit für mehr, wenn auch noch nicht für alles.

Mit meinen Händen ziehe ich sein Becken näher an mich heran. Langsam erhöht er den Druck auf den Muskel, der in mir drin den Eingang versperrt. Millimeter für Millimeter. Dann zieht er seine Eichel aus meinem Hintern um sie gleich wieder hinein zu stecken. "oh..." entfährt mir ein kurzes, leises Stöhnen.

Erschrocken zieht er seinen Schwanz wieder raus.

"Alles okay!" Sage ich schnell und schon schiebt er seine Eichel wieder bis zum Schließmuskel vor.

Dieses mal ein wenig weiter als vorhin. Er fickt mich nun langsam mit seiner Eichel. Gibt mir immer wieder Zeit. Vertrauen baut sich auf, ich fühle mich immer sicherer und kann mich ganz entspannen. Mit viel Geduld und Gefühl drückt er mir seine Schwanzspitze bis an den Punkt an dem der Widerstand zu groß wird. Zieht seinen Harten immer wieder ganz heraus um ihn gleich wieder sachte hinein zu stecken und zu warten, darauf, dass mein Loch endlich frei ist. Das herausziehen und wieder hineinschieben stimuliert mein Loch und ich werde ganz heiß auf seinen Schwanz.

"Es fehlt nicht mehr viel und er ist drin." Sagt er plötzlich.

"Ja, mach bitte weiter... das ist so geil."

Sein dicker Schwanz steckt nun schon halb in meinem Arsch und ich spüre wie er immer weiter eindringt, mein Schließmuskel endlich nachgibt und Erich langsam Stück für Stück seinen ganzen Schwanz in mich versenkt. Dann fängt er genussvoll an zu ficken, langsam aber bestimmt. Er lächelt und freut sich, dass sein breites Gerät doch noch hineinpasst. Stöhnt immer wieder und muss sich zusammen reißen nicht gleich in mir zu kommen. Dann unterbricht er seine sanften Stöße und verweilt regungslos in mir drin. "Das ist so geil."

Er lächelt mir ins Gesicht und fängt mit langsamen Stößen an mich weiter zu ficken. Dann auch bestimmter, fordernder. Stoß um Stoß immer kraftvoller schiebt er seinen geilen Schwanz bis zum Anschlag hinein. Stößt dabei immer wieder an mein Lustzentrum im Innern, meine Prostata. Ich spüre, wie sein Sack mit den schweren Eiern gegen meine Arschbacken klatscht. Er beugt sich immer mehr über mich und drückt sich mit seinem Gewicht tief in mich

hinein. Sein haariger Bauch massiert so bei jedem Stoß meinen Schwanz. Sein Schwanz massiert meine Prostata. Die Geilheit durchflutet meinen Körper, steigt in meinen Kopf breitet sich als Wärme in mir aus. Denken kann ich nicht mehr, ich bin nur noch Loch und Schwanz.
Erichs Gesicht verzerrt sich immer mehr vor Lust und Geilheit. Sein Schwanz will endlich sein heißes Sperma in mir verspritzen.
Sein haariger Bauch auf meiner feuchten Eichel fühlt sich so geil an, dass es mich jeden Moment zerreißt. Immer heißer wird meine Rosette. Mein enges Loch massiert sein hartes Glied und sein hartes Glied meine Prostata, sein Bauch meinen Schwanz. Alles in mir beginnt sich anzuspannen, mein Kopf streckt sich nach hinten weg und mit einem Aufschrei kommt es mir so heftig, dass es mir kurz schwarz vor Augen wurde. Ein Spermasee bildet sich an meinem wild pochenden Schwanz. Erich drückt mir seinen Schwanz mit seinem vollen Gewicht tief in meinen Arsch, beißt die Zähne zusammen, schiebt seine Brust nach vorn und schreit, tief aus seinem Innersten, seinen Höhepunkt hinaus, während sich Ladung um Ladung in meinem Loch ergießt. Er ist wie elektrisiert, seine Muskeln zucken unkontrolliert, schütteln seinen Körper durch, bis er langsam ruhiger wird. In mir pumpt noch sein Schwanz, als er sich, wie in Zeitlupe, auf mich legt, abgestützt auf seine Unterarme um mich nicht zu erdrücken. Ich schließe meine Arme und Beine um Ihn und halte ihn ganz fest während sein Orgasmus langsam abklingt und sich sein Atem normalisiert. Sein Glied zieht sich immer weiter zurück und rutscht dann aus meinem Loch heraus was Erich mit einem kleinen Zucker quittiert. Wir liegen ganz still da.

"Puhhh..." gibt Erich von sich. "Ich hoffe nicht, dass die Polizei gleich auftaucht, so wie wir unsere Lust hinausgeschrien haben." Wir lachen und packen unsere Sachen zusammen. Auf dem Fußweg zurück kommen wir an einem Zelt vorbei und uns wird sofort klar, unsere Lustschreie sind bestimmt nicht unbemerkt geblieben. Es hat sich aber niemand geregt und wir gehen schnell weiter.
Bis zu unseren Autos unterhalten wir uns leise, bestätigen uns gegenseitig, wie geil es wieder war.
Für morgen, Sonntag verabreden wir uns bei Erich zum Kaffee.
"Ich bring Kuchen mit."

Kapitel 3.5
Sternenklare Nacht

Plötzlich bin ich wach, eben noch stand ich in der Küche und habe den Spieß in das Hähnchen geschoben um es gleich im Ofen zu grillen. Ein absurder Traum und ich frage mich was mir das sagen soll. Neben mir liegt Dieter, noch in seiner eigenen Traumwelt und schläft friedlich. 'Er sieht gut aus!' Ein kleines Weilchen schaue ich ihm einfach zu, sehe, wie sich die dünne Sommerdecke langsam hebt wenn er einatmet und dann wieder absenkt. Am liebsten würde ich mich jetzt an ihn kuscheln und auch nochmal ein bisschen weiter schlummern. Blöd ist nur, dass ich die Arbeit, von gestern auf heute, gelegt habe und gleich noch ins Büro muss.
Behutsam schiebe ich meinen Arm unter Dieters Nacken hindurch und drücke mich sachte an seinen Rücken. Leise flüstere ich ihm ins Ohr: "Hallo Dieter."
Nichts passiert. 'Ich bin wohl zu leise gewesen', denke ich und sage: "Guten Morgen Dieter." Dieses mal mit etwas mehr Bass in meiner Stimme... und warte einen Augenblick.
Langsam regt er sich und bemerkt meine Arme, die ich um seinen Körper geschlungen habe.
"Wie fühlst du sich?" Frage ich.
Es geht ihm wieder gut und ich bin froh, denn seine Ohnmacht gestern Nacht hat mich ein klein wenig besorgt gemacht.
'Wie mache ich ihm jetzt bloß klar, dass ich gleich zur Arbeit muss?' Frage ich mich. 'Und Frühstück habe ich auch nicht im Haus.'

Dieter reagiert mit Verständnis auf meine Erklärungen und bei einer gemeinsamen Tasse Kaffee sprechen wir kurz über die vergangene Nacht, die Eindrücke und wie geil der Sex mit uns beiden ist. Wir lachen kurz über seine Ohnmacht. Gestern Abend war mir nicht zum Lachen zumute. 'Gut, dass alles wieder in Ordnung ist.'

Ich möchte wissen, was er heute noch vor hat und frage einfach nach: "Was machst du denn heute mit deinem Tag?"

"Ich werde gegen später an den Baggersee fahren und mich nackt in den Schatten legen. Ein bisschen schwimmen und ausspannen."

In meinen Gedanken sehe ich ihn am See, unter freiem Himmel, nackt in seiner ganzen Männlichkeit.

Wir verabreden uns gegen 17 Uhr am See. Ich bin glücklich, freue mich auf mehr Zeit mit Dieter.

Widerwillig steige ich in mein Auto und fahre zur Arbeit ins Büro. Eigentlich kann ich das kurze Stück auch zu Fuß gehen, aber so kann ich später nach der Arbeit gleich an den See fahren ohne vorher nochmal nach hause zu müssen.

Das Büro ist ruhig. Normalerweise arbeitet hier niemand am Wochenende. Ab und zu staut sich etwas Arbeit an, dann trifft man sich auch mal am Samstag. Ich überfliege meine Mails und mache mir erst mal einen Kaffee, stressen will ich mich nicht. Ein paar Formulare muss ich ausfüllen und einen etwas umfangreicheren Vertrag aufsetzen. Ich beginne mit den Formularen, suche Unterlagen zusammen und komme ganz gut voran. Kurz vor 12 Uhr mache ich mich auf den Weg zum benachbarten Einkaufszentrum und esse dort einen leckeren Salat mit Garnelen, dazu etwas Brot, damit ich auch satt werde. Ich habe den letzten Bissen noch im Mund als diese nervende Klientin plötzlich neben mir steht und mich ohne irgendwelche Rücksichtnahme in ein

weiteres geschäftliches Gespräch verwickelt.
"Also wissen Sie, ich habe mich in das Objekt regelrecht verliebt... diese alten Mauern sind so romantisch... ich muss es mir unbedingt nochmal anschauen... dieses Anwesen hat eine Aura, eine irgendwie magische Energie... also, wenn Sie jetzt ein wenig Zeit für mich hätten, liebend gerne würde ich es mir jetzt nochmal zusammen mit Ihnen anschauen."
Missmutig willige ich ein und fahre mit der Nervensäge zu der kleinen Villa raus, die draußen am Waldrand steht. Schon bevor wir das Haus betreten flötet sie mir ihren esoterischen Singsang in die Ohren. Zimmer um Zimmer und Raum um Raum verrinnt die Zeit und ich denke an Dieter. Hoffentlich schaffe ich es jetzt noch rechtzeitig.
Ich mache ihr klar, dass ich jetzt noch weitere Termine habe und wir nun wieder zurück in die Stadt fahren müssen.
"Oh, okay... vielen Dank, dass Sie sich für mich Zeit genommen haben." Lächelt mir ins Gesicht und beim vorbei gehen, streift sie mit ihren lackierten Fingernägeln über meine Brust. 'Schlampe!'
Bei der Rückfahrt bin ich froh, dass ich schwul bin und nicht so eine Nervensäge zuhause auf mich wartet.
Wieder im Büro setze ich mich sofort an den Vertrag und arbeite konzentriert. 'Wenn jetzt nochmal was dazwischen kommt, dann ist der Baggersee gelaufen.'
Kurz vor 18 Uhr sehe ich Dieter auf seine Decke liegen, sein blanker Arsch ist wunderschön, er wippt ein bisschen mit den Unterschenkeln vor und zurück. Bevor ich ganz bei ihm bin, bemerke ich, dass er in ein Buch vertieft ist. Scheinbar ist er in einer ganz anderen Welt, denn meine schweren Schritte im Gras bemerkt er nicht.
"Sorry, dass es später geworden ist..." Er freut sich

sichtlich, dass ich gekommen bin. Sein Lächeln lässt mich die letzten Stunden komplett vergessen. Ich habe Lust ins Wasser zu springen und frage ihn ob er auch Lust hat. Ziehe meine Klamotten aus und stehe nun nackt vor Dieter, der mich, ebenfalls nackt, anschaut.

'Also nein hat er nicht gesagt', denke ich mir, greife ihm durch die Beine, schnappe mir einen Arm und wuchte ihn kurzerhand auf meine Schultern. Dieter schreit dabei kurz wie eine zwölfjährige Göre. Zwei Momente später werfe ich ihn ins Wasser. Etwas erstaunt taucht er aus dem Wasser wieder auf. Ich frage frech, ob es warm genug ist und bekomme als Antwort: "Für dich wahrscheinlich nicht, du Prinzessin." Laut lachend lasse ich mich ins Wasser fallen. Als Prinzessin hat mich noch niemand bezeichnet! Nach dieser Erfrischung setzen wir uns auf die Decke, essen und trinken ein wenig, plaudern über den Tag und ruhen uns einfach aus. Ich genieße es, jetzt einfach mal eine kleine Zeit lang nichts zu machen. Die Sonne ist schon untergegangen und trotzdem will die Wärme nicht gehen. Wir haben Lust uns nochmal abzukühlen, ehe es zu spät wird. Ich werfe Dieter dieses mal nicht ins Wasser obwohl ich große Lust dazu habe. Er wiederum ist neugierig und fragt mich, wie stark ich eigentlich bin.

"Soll ich dich mal versuchen aus dem Wasser zu stemmen?" Frage ich, vielleicht etwas übermütig zurück. Er schaut mich fragend an.

"Leg dich mal auf das Wasser..."

Ich gehe in die Hocke, platziere meine Hände zwischen seinen Schultern und auf seinem Hintern, versuche ihn auszubalancieren, drücke mich aus den Beinen hoch, halte ihn einen Augenblick lang auf meinen Händen vor meiner Brust und wuchte ihn

dann nach oben, über meinen Kopf hinweg und rücklings hinter mich ins Wasser. Einen beweglichen Kerl zu stemmen ist dann doch etwas anderes als ein starres Gewicht.
Dieter taucht wieder aus dem Wasser auf, sagt: "Das war unglaublich." Seinen Gesichtsausdruck kann ich aber nicht deuten. 'Ist er erstaunt oder entgeistert? Bin ich zu weit gegangen? Hat er sich weh getan?'
Ich versuche mich zu vergewissern, ob alles okay ist. Dieter sagt er ist sehr beeindruckt und hat etwas Angst vor meinen mächtigen Muskeln.
Angst wollte ich ihm nun wirklich nicht machen. Am liebsten hätte ich los geheult. Wie konnte ich nur so übermütig sein? Aufrichtig versichere ich ihm, dass ich ihm niemals ein Leid antun werde und dass ich ein ganz lieber Kerl bin. Und hoffe, dass er mir das glaubt.
Dieter sieht mir mein Unbehagen an und meint ernst: "Du darfst mir gerne immer wieder deine Kraft zeigen, solange du mir nicht weh tust." dann meint er, dass er kräftige und haarige Kerle sehr mag aber am wichtigsten ist ihm ein Kerl, der auch einen weichen Kern besitzt und er ist der Meinung, ich habe so einen weichen Kern. Ein Stein fällt mir vom Herzen. Vielleicht hat er es noch nicht bemerkt, aber ich möchte es mir mit Dieter nicht verscherzen. Er ist ein faszinierender Mann und ich wünsche mir, dass er mich auch mag, so wie ich bin. Da gehört offensichtlich auch mal ein Flug ins Wasser dazu. Und natürlich achte ich darauf ihm niemals weh zu tun.
"Darf ich mich auf dich legen?" Reißt mich Dieter aus meinen Gedanke. "Ich möchte gerne deine Wärme spüren."
Ich sehe sein lächelndes Gesicht, lege mich auf meinen Rücken und breite meine Arme aus. 'Nichts

lieber als das!' Schließe meine Arme um ihn und fühle sein angenehmes Gewicht auf mir liegen. 'Wie kann man in so kurzer Zeit einen Kerl so lieb gewinnen?' Frage ich mich. 'Wahrscheinlich, weil das Gefühl auf Gegenseitigkeit beruht.' Sagt eine kleine Stimme in meinem Kopf. Ich schmunzel denn das ist die Antwort. Dieter gibt mir einen Kuss und rollt sich seitlich von mir herunter. 'Aaah...' mein Körper fühlt sich um ca. 100kg leichter an. Seine Hand streichelt meine Brust und fährt immer wieder durch mein dichtes Fell in der Mitte. Ich genieße seine Berührungen, strecke mich aus und lege meine Arme hinter meinen Kopf und schließe die Augen. Plötzlich spüre ich sein Gesicht an meiner Achsel, höre, wie er tief einatmet, meinen Schweiß riecht. Ich lasse ihn machen, finde es geil, dass er mich riechen will. Mit seinem Mund erforscht er meinen Körper, knabbert an meinen empfindlichen Brustwarzen. Nur ganz leicht, leckt er mit der Zunge drüber und streichelt gleichzeitig meinen Bauch und meinen Nabel. Ich atme tief ein. Wieder machen mich seine Berührungen scharf. Meine Brustwarzen schicken geile Signale direkt in meinen Schwanz, der anfängt sich mit Blut voll zu pumpen und immer wärmer wird. Er geht langsam tiefer, bedeckt mich mit vielen Küssen auf dem Weg zu meinem Schwanz. Lutscht meine Eier und wandert dann hoch, an den Schwellkörpern entlang, bis zu meiner Eichel. Er neckt meinen Schwanz mit seiner Zunge, kitzelt ihn da, wo das Vorhautbändchen an der Eichel anknüpft. Leckt meinen Vorsaft ab und nimmt dann endlich die ganze Eichel in sein warmes feuchtes Maul. "Aaahhh..." Er drückt meine Eier und der leichte Schmerz durchzieht meine Lenden. Ich genieße seinen weichen Mund, mein Schwanz fühlt sich da drin so gut an. 'Jetzt will ich ihn verwöhnen.' Also

drehe ich Dieter auf seinen Rücken. Sein Schwanz ist hart und schaut geil aus. Mein Mund will ihn jetzt schmecken und ich schiebe mir seinen langen Schwanz kurzerhand bis tief in den Rachen. Das ist so großartig. Dieter stöhnt auf. Andere haben Probleme mit einem langen Schwanz im Mund, mir hat das noch nie etwas ausgemacht, im Gegenteil, ich genieße es, wenn er immer tiefer in meinen Rachen vordringt und ich den salzigen Geschmack seiner Freudentropfen in mir schmecke. Dann nehme ich seine Eier in meinen Mund, lutsche an ihnen, während ich mit der Hand seinen steifen Schwanz wichse. Sein stöhnen macht mich immer geiler. Mit meiner Zunge fahre ich noch tiefer, lecke sein haariges Loch, was er mit einem lauten "Aaahhh..." quittiert
'Ich will ihn ficken, diesen geilen Bär!'
"Ich habe Lust dich zu ficken. Ist das okay?"
Fragt ich leise.
Dieter ist besorgt wegen meinem breiten Schwanz und ich versicher ihm vorsichtig zu sein und dass es okay ist, auch wenn er nicht rein passen will. Ficken ist was geiles, aber für mich nicht das wichtigste beim Sex. Es gibt viele schöne Spielarten die ohne anale Penetration auskommen.
Dieters Beine platziere ich auf meinen Schultern. Sein geiles Loch ist nun genau in der richtigen Position, damit ich meinen feuchten Schwanz hinein drücken kann. Ich setze meine Eichel an seinen Anus, gebe langsam Druck, versuche in seinem Gesicht abzulesen, wie weit ich gehen kann. Dieter schiebt mir sein Becken entgegen, bereit für mehr. Ich lehne mich weiter vor, die Eichel dringt langsam hinein in die Wärme, das fühlt sich scharf an. Jetzt kommt mehr Widerstand, der Schließmuskel versperrt meinem Schwanz den Weg hinein. Ich warte, gebe ihm Zeit

sich zu entspannen. Mit seinen Händen zieht er mein Becken näher an sich heran. Bedächtig erhöhe ich den Druck auf seinen Schließmuskel und allmählich weitet er sich, gibt immer mehr nach. Ich ziehe meinen Schwanz wieder zurück um ihm kurz Zeit zu geben und schiebe ihn wieder hinein. Ein kurzes Stöhnen von Dieter erschreckt mich und ich ziehe meine steifes Glied ruckartig zurück. Aber es war nur ein Luststöhnen und ich mache weiter, schiebe meinen dicken wieder in seine heiße Öffnung, bis zum Schließmuskel, dann wieder raus und wieder rein, erhöhe den Druck nochmal, warte ein bisschen, ziehe ihn wieder heraus und wiederhole das. Stück für Stück arbeite ich mich vor. Ich genieße den Anblick wenn sich mein Schwanz, bei jedem Stoß ein kleines bisschen weiter in sein enges Loch zwängt. Es fehlt nicht mehr viel und er ist ganz drin. Noch ein kleines Stückchen. Ich bin richtig glücklich... Mit viel Geduld passt er letztendlich doch hinein.

Sanft fange ich an in Dieters Loch zu stoßen, ficke ihn erst ganz langsam, möchte sicher sein, dass er sich wohl fühlt und auch wirklich mein ganzer Schwanz Platz hat, drücke ihn dann bis zum Anschlag hinein und verweile einen Moment. Dieter scheint es zu genießen. Mein Schwanz will jetzt ficken, immer mehr schiebe ich mich über Dieter, gebe mehr von meinem Gewicht in meine Stoßbewegungen hinein. Ficke aus voller Lust, genieße wie mein Schwanz in seinen Arsch gleitet. Dabei wird es mir immer heißer und heißer. Meine schweren Eier klatschen mit jedem meiner Stöße an Dieters blanken Arsch. Das fühlt sich klasse an und das geile Geräusch erregt mich zusätzlich. Wir stöhnen mehr und mehr und mehr. Lange kann ich es nicht mehr zurück halten. Dieter wird immer geiler, scheint kurz davor zu sein, zu

kommen und ich bemerke erst jetzt, dass mein haariger Bauch mit jedem Stoß über seinen feuchten Schwanz reibt. Er legt seinen Kopf nach hinten, sein Mund öffnet sich wie zu einem lautlosen Schrei. Dann beißt er die Zähne zusammen, sein ganzer Körper spannt sich für wenige Sekunden an und mit einem Schrei erlöst ihn sein Orgasmus und die Endorphine fluten seinen Körper. Schub und Schub pumpt sein Schwanz das Sperma aus seinem Schwanz und benetzt seinen und meinen Bauch. Der Anblick gibt mir den Rest. Mit einem letzten Stoß drücke ich meinen harten Schwanz mit meinem vollen Körpergewicht so weit es geht in seine heiße Höhle. Der Moment kurz vor dem Orgasmus... Ich beiße die Zähne zusammen. Wärme breitet sich in meinem Gesicht aus. Mein ganzer Körper streckt sich nach hinten weg, dehnt die mächtigen Bauchmuskeln, meine Arme heben sich vom Boden ab, mein Becken drückt sich gegen sein Becken, sein glühendes Loch hält meinen Schwanz ganz fest. Mit einem kräftigen Zug presse ich Luft in meine Lungen, halte den Atem an, warte... Ich spüre es kommen, mit unaufhaltsamer Gewalt schießt der erste Schwall Sperma aus meinem Schwanz. Ich Schreie! Die ganze angestaute Geilheit, meine triebhafte Anspannung zerreißt es in diesem einen mächtigen Moment. Ich spüre, wie die weiße Flüssigkeit aus meinen Eiern, hoch in den Schwanz pumpt, sich durch meine Eichel presst und kraftvoll herausschleudert. Augenblicklich werde ich von Glücksgefühlen übermannt. Mit heftigen Atemzügen schieße ich immer mehr Sperma aus meinem Schwanz, genieße jeden Schub aus meinen Lenden und ergieße mich vollends in Dieter.
Erschöpft lege ich mich langsam auf ihn, lasse mein zuckendes Glied einfach stecken. Spüre wie Dieters

Arme mich halten, ganz fest. Allmählich werde ich ruhiger, nehme wahr wie sich mein Puls normalisiert, wie mein Schwanz wieder kleiner wird und plötzlich aus seinem Arsch flutscht. Ich zucke kurz zusammen, mein Schwanz ist gereizt und überempfindlich.
'Das war fantastisch!'

"Ich hoffe nicht, dass die Polizei gleich auftaucht, so wie wir unsere Lust hinaus geschrien haben." Wir lachen und ziehen uns an.
Auf dem Rückweg zu unseren Autos kommen wir an einem Zelt vorbei und uns wird klar, dass wir nicht alleine am See sind. Offensichtlich hat sich aber niemand an unseren Lustschreien gestört.
Wir gehen schnell weiter und unterhalten uns etwas leiser. Dann verabreden wir uns für den nächsten Tag zum Kaffee bei mir.
Ich freue mich. Mal schauen, wo das alles hin führt.

Kapitel 4
Jenseits von Sex

Müde falle ich in mein Bett und schlafe augenblicklich ein. Die Ereignisse der letzten Tage verarbeitet mein Unterbewusstsein in wilden Traumszenarien. Erschreckt wache ich auf und erinnere mich für einen Moment noch an einen alptraumhaften, riesigen schwarzen Bären, der mich schwimmend auf hoher See verfolgt. Etwas aufgewühlt pendel ich durch die dunklen Gänge meiner Wohnung zur Toilette. 'Was war das bloß für ein durchgeknallter Traum?' Erleichtert gehe ich zurück in mein Bett, mir ist etwas mulmig bei dem Gedanken gleich wieder einzuschlafen, schließe meine Augen und...

... die Sonne scheint mir ins Gesicht. Die restlichen Stunden habe ich tief und fest und vor allem ruhig und erholsam geschlafen. Vielleicht auch etwas zu lange aber dazu kann man den Sonntagmorgen natürlich auch nutzen: Einfach einmal ausschlafen.

Nach zwei Tassen heißem Earl Grey Tee versuche ich mein Glück beim Kuchenbacken. Kein Risiko, denke ich und nehme eine Backmischung, die ich schon ein paar Mal probiert und für gut befunden habe. Eine Stunde später steht ein perfekt ausschauender Zitronenkuchen vor mir auf dem Küchentisch. Ich dusche, ziehe mir Klamotten an, in denen ich mich wohl fühle und mache mich gegen halb drei auf den Weg zu Erich. Der Kerl ist so ein Lieber, geht es mir durch den Kopf. 'Hoffentlich hat er nicht irgendein dunkles Geheimnis das mich sorgen sollte.' Und: 'Wieso hat ein so toller Mann eigentlich keinen Freund? Stimmt da etwas nicht?'

Nicht schon wieder diese Gedanken, die zu nichts führen, ermahne ich mich selbst, davon ab zu lassen.

Statt dessen versuche ich, einigermaßen erfolgreich, den Moment zu genießen und freue mich auf Erich.
Ich bin da, fünf Minuten zu früh, aber das empfinde ich noch als tolerierbar.
Es duftet nach Kaffee. Erich drückt mir einen Kuss auf den Mund und nimmt mir freudestrahlend den Kuchen aus den Händen. "Super, Zitronenkuchen ist was feines bei den Temperaturen. Ich freue mich, dass du da bist."
"Ich freue mich auch." Und grinse ihn breit an.
Nach dem ersten Stück Kuchen platzen meine Gedanken aus mir heraus: "Wieso hat ein Kerl wie du eigentlich keinen Partner?" Ich versuche die Frage so klingen zu lassen, als wäre sie mir spontan in den Sinn gekommen und als würde mich das Thema eher beiläufig interessieren.
Die Freude auf Erichs Gesicht weicht von einer Sekunde auf die nächste und mir wird bewusst, dass ich ein ernstes Thema angestoßen habe.
"Oh je, ich wollte nicht zu persönlich werden! Du musst mir die Frage nicht beantworten, tut mir leid."
"Nein, schon gut! Es ist nur..." Er unterbricht seinen Satz, scheint nach den richtigen Worten zu suchen.
"... Es ist so: Ich war so glücklich mit einem lieben Mann. Manfred. Wir lebten hier zusammen und alles war... gut. Wir hatten unsere Arbeit, unser Zuhause und uns. Alles schien stimmig und so einfach..."
"... vor zwei Jahren ist er gestorben, Schlaganfall, ging ganz schnell."
Er schaut mich traurig an und für einen Moment denke ich, er fängt an zu weinen.
"Das tut mir leid! Das muss eine schreckliche Zeit für dich gewesen sein... Oh je, ich weiß gar nicht, was ich sagen soll."
Schuldig, die Stimmung ruiniert zu haben schaue ich

ihn an.

Zwei- drei Sekunden später wechselt Erichs Gesichtsausdruck zu einem entschlossenen Gesicht.

"Gut, dass es raus ist. Ich habe mich viel zu lange hier verkrochen. Hab trauernd gedacht, so einen Mann finde ich nie wieder! Hatte kaum Kontakt zu Freunden und war auch nicht auf der Suche nach einem neuen Partner. Seit ein paar Monaten sind dann die guten Geister wieder eingezogen, ich bekam wieder Lust auf das Leben und suchte wieder die Nähe zu alten Freunden, ich hab mich wieder unter die Leute gewagt." Eine Gedenksekunde später stellt er an mich die gleiche Frage: "Und weshalb bist du Single?"

"Puhhh... " Atme ich laut aus. "Es tut mir wirklich leid, dass du so eine schreckliche Erfahrung gemacht hast. Das ist so traurig und bis man das im Kopf sortiert hat, braucht es sicher seine Zeit."

Ich gehe um den Tisch und nehme Erich in meine Arme, drücke ihn ganz fest. "Wenn ich was für dich tun kann, dann bin ich für dich da." Verspreche ich.

"Du bist ein ganz Lieber, danke dir. Es geht mir mittlerweile wieder gut. Ziemlich gut sogar..."

"... aber nun erzähl du." Fordert er mich lächelnd auf.

"Okay." Sage ich. "Mein letzter Freund kam eines Tages überraschend auf mich zu und sagte: 'Ich brauche mehr Freiheit in meinem Leben und möchte wieder alleine in der Wohnung leben.' Das kam, wie aus heiterem Himmel, für mich. Ich habe ein paar Monate gebraucht, um mich neu zu sortieren. Dann hab ich mir gesagt: 'Jetzt legst du los, treibst dich rum und machst wozu dir der Sinn steht'... Das war vorgestern!" Ich grinse Erich breit an.

"Wie lange seid ihr zusammen gewesen?"

"Über Zehn Jahre. Und dann einfach so 'tschüss und weg'." Ich schüttel den Kopf.

"Irgendwann will ich mich wieder verlieben, und mit einem Mann zusammenleben, dem ich vertrauen kann."

"Man kann die Liebe nicht einfordern im Leben." Meint Erich. "Man muss warten, dass sie passiert. Hoffen..." Soweit bin ich mit ihm einig und nicke.

"... man kann nie wissen." Er schaut mir in die Augen.

Ich sage: "Nach zwei Tagen ist es natürlich zu früh um über Liebe zu reden. Aber seit gestern habe ich gar keine Lust mehr mich rum zu treiben. Ich habe Lust meine Zeit mit dir zu verbringen!"

"Und ich mit dir!"

Mir wird warm im Kopf. Wenn meine Herz springen könnte, es wäre vor Freude wild durch den Garten gehopst.

Worte danach

Als erstes möchte ich mich bei dir bedanken. Hoffentlich hat dir meine Erzählweise gefallen und du konntest die prickelnden Momente voll auskosten. In diesem Fall freue ich mich wirklich sehr, wenn du mir das in einer Rezension mitteilst. Gib mir bitte konstruktive Kritik, da wo ich etwas verbessern kann oder schreibe einfach, was dir gefallen hat. Danke schön.

Dir wird sicher aufgefallen sein, dass ich jede Szene zweimal geschrieben habe. Ich fand die Idee spontan sehr reizvoll, die unterschiedlichen Sichtweisen zu beschreiben. Nun hast du die Geschichte durchgelesen und festgestellt, dass das letzte Kapitel nur einmal vorhanden ist. Das abschließende, vierte Kapitel ist der Epilog der Erzählung und meiner Meinung nach, beschreibt es die Sichtweise beider Charaktere völlig ausreichen.

Weiter liegt mir folgendes am Herzen: Erich und Dieter kennen sich gar nicht, treffen aufeinander und haben, mehr oder weniger spontanen, geilen Sex. Der eine oder andere Leser wird sich fragen, warum sich die beiden keine Gedanken machen über Sicherheit. Ich habe mich entschlossen das Thema "Safer Sex" nicht in der Geschichte aufzugreifen. Stattdessen lasse ich meine Charaktere in einer stilisierten Welt spielen, in der es diese Problematik einfach nicht gibt. Meiner Meinung nach will man sich, beim lesen von erotischen Erzählungen, nicht mit der Problematik der Wirklichkeit auseinander setzten müssen. Vielleicht täusche ich mich aber auch in meiner Annahme. Deshalb schreibe ich hier meine Gedanken und

eventuell sind diese eine Antwort, für den einen oder anderen Leser.
Privat bin ich sehr für Sicherheit beim Sex. Aber das soll jeder so handhaben, wie er es für richtig hält.

Als letzten Punkt möchte ich mich entschuldigen. Es sind sicherlich ein paar Rechtschreibfehler im Text unentdeckt geblieben und auch das eine oder andere Satzzeichen wird nicht an der richtigen Stelle sein. Falls du einen Fehler entdeckt hast, hoffe ich, er hat dich beim Lesen nicht zu sehr gestört.